寒夜挑燈讀

任真散文選

任真 著

他序

陳司亞

任真又要出書了，而且是雙胞胎——一本是小說《紅塵劫》，一本是散文《寒夜挑燈讀》。八三老翁比年輕人還年輕，渾身是勁，讓我既羨又嫉。更令人不解的是，他老兄竟然拉過黃牛當馬騎。命我作序，誰都知道，作序者道德文章都要超群拔類，才能為這本書增光生彩，我怎可濫竽充數？當時我趕緊又擺手又搖頭的大力婉辭，但是他老兄「令出必行」，逼我就範。

先讀《寒夜挑燈讀》，共六十八篇，讀後讓我想起當年《中副》刊頭的「方塊文章」，作者都是文壇健將，如：言曦、誓還、鳳兮……輪番執筆。以及《聯副》的「玻璃墊上」，由何凡獨當一面。每篇約七百字左右，談人生哲學、社會動亂、讀書心得、新知舊事，扣緊時代脈絡、寓家國之思於其中。那些文章的特點是：短小精悍、雋永有趣。如同一日三餐，非讀不可。任真的散文較長，其內容亦復如斯，並有其虔誠教徒常有的那種內涵與格調。閱讀時就是一種享受——從視覺的享受提升到心靈的感悟！

我常想，一個人從幼稚園、小學、中學、大學到研究所，所學的就是兩門功課——做人與做事。不管拿了多少博士學位，如果你不會做人或不會做事，那有何用？任真六十八篇散文，都是他走過的歷程；他走得很辛苦，寫得很認真，俱都真知灼見，擲地有聲！如果你專心讀過，而且能夠身體力行。你放心，我保證肯定比博士學位還管用。

任真不僅小說、散文寫得好，他的詩、國畫、書法等，「筆」竟不凡，「藝」搏雲天，都是美的組合、美的呈現。他的人生，他的哲學，也都是美的化身。與三絕詩人鄭板橋相提並論，毫不遜色。

他的詩、文不但美麗，而且都賦予了生命，一字一句都是生命的細胞，活蹦亂跳的彷彿在向你微笑，向你發音。打個比方，就好似新月派詩人的詩句：「小珠一笑變大珠」那樣鮮活！

他的文章作品，偏偏都夠火侯，不但反映所處時代的樣貌，更含有獨特的風格、純熟的技巧、敦厚的品德；引領風騷、超越時代，如此這般，他的大作巍巍然成為中華品質的指標！

任真在平常生活中，以智慧辨識，明心見性；澈見永恆的真理，操之則存，棄之則亡。因果一元，行證不二。不為環境左右，不為好惡變質。這就是我最佩服他的地方！

近來由於上網，文學作品一落千丈，乏人問津。報紙與雜誌也在劫難逃，一家家壽終正寢，文學家們一個個都歸隱山林搦管傷神，糟蹋自己。任真童心未泯，仍在踽踽獨行。他很內向，不善交際，因此多年累積的文稿盈尺，卻出版無門，頗為感慨。我跟他說，出版社不出版，因為出版一本書就要賠一本錢，這是現實問題。非不為也，是不能也！我還給他舉了個例子：北京××大學一位文學教授，在八〇年代退休，貧病交加，連一罐奶粉都買不起。他有個孫女長得很「火」，不善讀書喜歡唱歌，初試鶯啼，一鳴驚人，在香港開一場演唱會，賺進港幣三十多萬元，比她教授爺爺一輩子的收入還多，這種畸形怪狀合理嗎？她的爺爺是悲是喜？「萬般皆下品，唯有讀書高。」此言差矣。

這是中華文化即將沒落的徵兆，吾復何言！我說：「任真呀，你的稿子放了多少年，沒人要出版，那不是你的悲哀，是整個文化界的悲哀，是這個時代的悲哀！」我又說：「如今終於有人要出版了，恭喜你啦！」

任真深深一嘆，能把鐵塔嘆癱下來！

閒話少敘，散文《寒夜挑燈讀》閱後再讀《紅塵劫》，快馬加鞭，小說不像散文，天馬行空，奇峰迭起，風雲千萬；我已接近老人癡呆症，腦子接應不暇，讀了下篇忘了上篇，只能選印象深刻的略寫一二。第一篇是〈鹿苑長春〉，文中主人翁廖大川吃喝嫖賭樣樣來，結果，把水果山、耕地、房屋統統賣完。老婆帶著兒女回到娘家，他也沒臉再見妻兒。為了安頓自己，把老柴屋的廢料搬到山脊的杉蔭道下搭建三間木板屋，洗心革面，以破釜沉舟的心情重新出發，正愁資金沒有著落，忽然想起十年前他濟助過朱軻三，如今朱已養鹿致富，他去找朱說明來意，看看朱能否助他一臂之力。朱立刻請他來鹿場幫忙，讓他先學習一些養鹿的專業知識，以後再助他創業鹿場。廖大川非常感激，工作十分勤奮，而後自己經營有成，把妻小接了過來。那片鹿園在幅員廣闊的山中，不到十年，就有一百多隻梅花鹿。每年鹿茸的收入十分可觀，一家和樂融融。

我怎麼會對這篇印象特別深刻呢？原因是十多年前，我們一家去溪頭看日出，回程經過一處鹿園，順便去參觀，主人煮茶殷勤招待。那處鹿園佔地十多頃，梅花鹿約五六十隻，藍天、白雲、綠草以及大小鹿群——尤其是小鹿跪乳時更感可愛，彷彿一卷緩緩展開的國畫，讓人看得心曠神怡，我們流連忘返。如今看到任真寫的〈鹿苑長春〉，跟我們曾經看到的竟然幾乎一模一樣，美若仙境！大有舊地重遊之樂。他寫得很平實，絲毫沒有「白髮三千丈」式的誇張，卻能使讀者欲罷不能，由此可見，任真筆下的好功力！

另一篇是〈錯管他人瓦上霜〉。多管他人瓦上霜的人，大都是覺得自己很能幹，好像少了他這棵蔥，就氽不出一碗湯似的。我們社區也有這樣的人，外號「小能幹」。不管生張熟魏，也不管人家是否歡迎，他都要插上一腳，給他臉色看，他也「大智若愚」，視而不見。另一種人是遊手好閒，又怕人家瞧不起，因此，誰家有事，他就查鱗抖鰓，走裏走外，忙得不亦樂乎，其實只是瞎起鬨。任真這篇〈錯管他人瓦上霜〉就更有意思了，他不但管了，不但管得很認真，幾乎要喧賓奪主了！結果呢？結果他才發現是「錯管」啦！他則能從善如流，立刻賠禮道歉，並且自問：「以後還要不要去管他人瓦上霜？」寫來十分傳神，十分逗趣。

還有一點「題外話」值得一提，任真規定我六天內寫好序文交卷，我閱讀很慢，還要不時的翻閱《辭海》查證。我把一切俗務都丟開了，起早睡晚，全力以赴！到了第四天，內人因有飯局，下午四點多鐘把饅頭放到電鍋裏，插上插頭，跟我說：「炒菜鍋裏有獅子頭燴大白菜，六點鐘你打開瓦斯，二十分鐘後就可以吃了。」

天已經黑了，我獨坐燈下，還在埋頭閱讀《紅塵劫》，如同關公夜讀《春秋》，目不斜視。當我不經意看到壁鐘九點時，才突然肚子餓了，於是立即去廚房，打開電鍋，取出饅頭，那鍋獅子頭燴大白菜我也懶得再開瓦斯爐了，就用饅頭蘸芝麻醬吃。我一邊吃一邊仍在看稿，無論如何，今晚我一定要把稿子全部看完，剩下兩天，我能否寫出序文，還不敢肯定。

十點半鐘，老伴歸來，不知得了什麼怪病，一看到我就無緣無故的大笑起來，我手足無措的傻住了。她用手點著我說：「你這是哪一齣戲呀？」這句正是我想問她的話，反而變成她來問我了。我莫名其妙，她又說：「你去照照鏡子。」我更奇怪了，不過我還是走到鏡子跟前一看，這下連我自己也笑翻天了，原來我用饅頭蘸芝麻醬吃，不小心蘸到隔壁一小碟子墨汁了，滿嘴黑得像烏嘴驢。

現在我走起路來，抬頭挺胸，格外拉風，誰再敢笑我是一介愚夫？在同儕中，我可是唯一「吃過墨水」的人啦！一笑。

自序

任真

湖南自兩宋以來，文化皇麗，人才踵接，至明清尤盛，很幸運我家祖籍湖南攸縣。攸縣與江西鄰壤，江西吉安，古稱廬陵，與攸縣相距不足三百里；北宋大文豪歐陽修、正氣凜冽的文天祥，皆為吉安人。明朝解縉曾為明太祖、明成祖兩朝詞臣，自幼穎悟，家學淵源，凡朝廷詔敕及大製作大經典，皆出自解縉手筆，有《文毅集》傳世。解家自唐至明，奕世顯宦大儒，為吉安官宦學術樞紐。吉安文風影響湖南茶陵，茶陵與吉安隔鄰，茶陵李東陽為明武宗時名宰相；奸臣劉瑾用事，東陽委屈彌逢，保全善類，老臣忠直之士皆受其庇佑，而免於瑾黨讒害；在朝五十餘年，獎拔人才，提攜後進，立其門者，皆粲然有成，有《懷麓堂集》傳世。清末民初譚延闓父子，亦政學兩界聞人。攸縣與茶陵接壤，茶陵文風接自吉安再薰染攸縣，益之湘北、湘西、湘南文風波濤洶湧，對攸縣產生波盪激揚作用，自兩宋至民國千餘年間，文武人才輩出，雖不能與江西吉安相頡頏，亦堪與鄰縣相等夷。我何其有幸，生長在這處素以富饒見稱的攸縣，自幼接受家嚴端莊公的經史薰陶；在我父親望子成龍的心眼裏，幾乎是頑鐵也想鍊成鋼，雖然頑性依舊未化，至少曾在洪爐烈焰中鍾打過。弱冠離鄉，謀衣謀食，戎馬倥傯，飢寒荐臻，我未嘗一日不在古人著述中覓根源；因之，我從事散文創作，不論抒情、寫景、敘事、說理，總會有些來自經史與古人學術涵育後的看法與想法。

我常常自勉：「要創作，必須自省在經史及先哲文集中翻過多少個跟斗？你才能端出什麼樣的菜餚來；即使是一味菜根，一品葉蔬，餘味不應止於菜的素香而已，應該還有一些別的滋味。」

這本《寒夜挑燈讀》散文集，說理的文字多，寫景敘事的篇章少。說理，必須要有理可說，理自何來？理自向學、識見、體察、領悟、省思而來，經過篩慮、沉澱，才能把一樁事的道理說得輪廓分明，深達脊裏；雖非大經大法，放之四海而皆準，質諸古今而不惑；至少能讓人頷首心怡，才能達到說理的目的。這本不上眼的散文，自然與那些只受過幾年學校教育就能洋洋灑灑著述，被出版商捧為天才作家的文字有異。讀者可以自表淺文字中再深入內蘊得到一些回味。

至於《紅塵劫》這本短篇小說，自知無法與名家的名著相匹敵，但卻是取自臺灣社會這幾十年來蛻變中各類現象的縮影，其中包括了人性良善、同胞關愛、社會溫情與個人勤勉奮鬥的步步足跡，也間接表達了個人愛國家、愛中華文化與愛臺灣的一份情操。讓擇善固執、為善去惡的男女欣慰自己的取向與選擇絕對正確。

這兩本集子，冷藏書櫥幾達二十五年之久，今日能出版，我要感謝秀威資訊科技公司慨施援手，更感謝老友陳司亞，不僅慨諾為兩書作序，並義務為我校對，三番兩次在電話中指出瑕疵，大力匡正，幾乎到了恨鐵不成鋼的程度，彼此之間如果沒有這份恆久芬芳的友情，怎可能邀得老友愛恨交織的關切；不說別的，單就這一點，就該與司亞浮一太白。

兩本集子終於自二十五年蒙塵冷藏中誕生，殷盼智慧卓越的讀者首肯喜歡，有指教、有批評，我坦開心胸接納與感謝。

目次

他序……3
自序……9
開筆大吉……17
又是一年春草綠……19
雨催花發……21
春光不減去歲豔……23
它開花了……27
柳堤……31
淡淡的三月天……35
夏天眞好……39
慵懶黃昏步步嬌……41

竹風沁涼……45
雨季……49
雨中淌洋……53
瓜棚底下好納涼……57
我把山水引入心胸……61
你我沒有理由怨尤……65
天命與努力……67
永遠不嫌太遲……69
莫敗在自家手下……71
不要放任自己……73
早點回家……75
走出陰影……77
敢背歷史攉髮罪……79
甘作化石類……81
除惡務盡……83
你不可以放棄……87

得失之間……91
豈能不憂……93
正面肯定與負面肯定……97
愚者言……101
因果……105
大家都在寫劇本……109
鐵經百煉始成鋼……113
嚴守分際……115
敞開胸懷……119
有容乃大……123
刻薄……127
陽光下……131
掌聲……135
離婚……139
箸香……143
假如我再年輕一次……147

我的書桌擺那兒？……151
寒夜挑燈讀……155
文字魅力……159
臨字樂……163
八十吹鼓手……167
苦悶寫出來……171
顧問……175
快樂長在心裏……179
人親土亦親……183
天下美味莫若粥……187
生命的初衷……191
請客……195
各人手上一把尺……201
酒好不辭千杯醉……205
藏書……211
說硯……215

知識分子……219
淺談文化……223
人是什麼？……227
天大無喻……233
感恩……241
醒醒吧！中國人……247
話廚灶……253
腥臭不忌談外遇……261
吃要講理……267
菩薩也難當……271
性騷擾……277
任眞（侯人俊）寫作年表……285

開筆大吉

農曆正月初一，先父端莊公於祭過祖先之後，立刻展紙濡毫寫下「開筆大吉」四個字，然後以渾雄磅礴的顏體字書寫「忠孝傳家遠，詩禮教化長」的大門門聯；嗣後，便督教我寫其他門戶對聯。老家屋大門戶多，所有春聯寫好貼好，得需半天時日，還得勞動大哥二哥義務張貼才能大功告成。

平常，父子兄弟難得聚首一堂，父親滿肚皮的教訓話排不上用場，趁著元旦這天難得機會，父親把一肚皮做人做事的道理教給我們，順便將一年家政得失作次大總結。父親這一天的教訓就像誥敕，做兒女的只有懍遵毋違，沒有討價還價的餘地，這一年內的立身處世，便都以父親這番話作指標，作依歸。兒女的人生道路雖是父親事先規劃好的，我們沒有取捨的自由，倒是步步穩當踏實，使社會少卻許多為非作歹的寄生蟲。

農業社會中的筆墨對社會人心只有正面效果，少有負面影響。先輩教訓，全都以忠孝節義為鵠的；老師教導的，不是孔言，就是孟訓，光明正大，道宏旨遠。站在今天的立場來看以往的教育方針，固不免有箝制受教者獨立思考能力的感嘆；但對整個社會人心而言，卻是凝鑄了一分安定力量。筆的負面影響，頂多是寫張狀詞為哀哀無告的苦民申訴冤屈，絕非刀筆吏那樣播弄是非，顛倒黑白。

今日，印刷業發達，輿論有左右政局、致人成敗的力量；如果輿論掌握在正人君子手裏，便是人民的喉舌，社會的良心；若是掌握在邪佞小人手裏，那就是破壞社會安寧，製造紛爭事端，以黑為白，顛倒是非的利器，其惡劣較之刀筆吏猶有過之。

文字製造業者都有一枝筆，擁有絕對可以為善可以為惡的自由。為惡為善的準據決定在一個人的良知上，當我們動筆敘述甚者撻伐某人某事時，我們先要理智的想想，我們對這樁事的來龍去脈有無深刻的瞭解？對旁枝側葉有無深刻觀察？對事理分析有無洞達認知？如果答案是肯定的，我們仍須心存忠厚，慎重落筆，公正評述，讓人能夠坦誠接受。切莫以犀利的筆鋒傷了當事人的尊嚴和改過向善的信心，誤導讀者的視聽。

筆握在善人手裏，就是國家社會的建設力量，握在壞人手裏，則是助惡為虐的工具。我們一生接受國家的庇蔭，民族的哺育，我們有維護國家社會安定和平的責任，和保衛民族尊嚴的義務。當新歲伊始，我們在開筆大吉之餘，應該有伐惡彰善的自勉。

又是一年春草綠

不知送走過多少無情歲月？寫過多少感嘆文字？追悔過多少孟浪事件？年年歲尾作檢討，歲頭作計劃，到了一年結束，仍然是往事翻版——鎖著愁眉，感嘆時不我予，不曾好好把握時光有所作為。

多數人都在追悔中過日子。

能夠知道追悔，尚有一分力求作為的企圖心，只是計劃歸計劃，實踐歸實踐，歲月蹉跎，落得年年都是這般翻悔懊惱作終結，實在無濟於事。有一種人天生樂觀，不管天陰天晴，年頭年底，反正天天充滿希望，天天悠悠忽忽，等到一生結束算總帳，卻是一無所有來，一無所有走，沒添得事業德行，卻添了許多一生憾恨和疚過；這種人生不開花不結果，看不出對自己有多少意義，對別人有多少啟發。

做人原就有許多煩惱，食衣住行要滿足，精神德業要提振；若是只圖個衣暖食飽，無凍無餓便已足，這與一般生物原沒多大差別。只因為人多了一分智慧，多了一分靈性，多了一分巧思，滿足了生物本能之後，便想汲汲超越自己，自物質到精神，自行為到德業，總希望自家生命日益完美而光華，讓自己活得驕傲尊榮，讓別人看著羨慕而效法。這不是虛榮，而是人生高層次境界。無如人人都有這分冀望，都想這般超越，又有誰真能通過修養瓶頸而到達頂峯呢？到不了這個巔峯不打緊，只要自己不曾因循苟且，自甘墮落，即使是蝸行龜步，進境不快，但總在一天天前進，日行月往，自然德業隨時序而日新。

每一個人年年作檢討作計劃，也會發現自己說得多做得少。一個人的成功與失敗，大抵都在這兒作分際。成功的人抓住時間，抓住機會，盯緊目標往前走，步步踏實，著著穩當，不尚空談，只重實踐，所以，他比別人卓越，比別人豐實。我們之所以事業無成，學問道德不曾精進，就是失敗在一個實踐力行功夫不足上，嘴中講講，手裏比劃，全是空中樓閣，一片幻象。

新的一年已然開始，我發現我是一個最該追悔的人，從年終追溯到年初，原來我把可資利用的時間全浪費了，本來可以自小成積累一個可以差強人意的成果，由於貪看電視、等待明天，結果，整整一年交了白卷。

八十一年已經擺在眼前，今年特別不作計劃，我只督勉自己抓住每一分鐘可以利用的時間，不虛度、不蹉跎、不等待、不拖延，也許到今年年底，多少有一張勉強滿意的成績單拿給自己。

雨催花發

春雨綿綿中，心境也像在雨絲籠罩之下，沒有陽光，遍地泥濘，每一跨足，都感到寸步難行。

春天多雨，不僅是臺灣，大陸江南江北，全是這副面貌。事實上沒有雨的催發，枯萎的草木不發芽，待放的花朵不結蕾開花，尤其是待耕的田畝，缺少雨的潤澤，泥坯不化，春耕便得停頓，所以，農人盼雨比任何人都急切而心躁。

雨下多了，我們便不免咒之為「霪雨」，不僅遍地潮濕泥濘，行走不便，心理上也像雨紛紛而霧濛濛那種霉潮交侵的感覺；真盼望來幾日春陽，替我們帶來活力和光熱。因之，對「春雨貴如油」這句老農的俚語，也就覺得是句笑話了。

今年，自春節前就是一波波寒流踵接而至，寒流加上春雨，把人的心境弄得一片狼狽，偶然晴朗一兩日，只見愛好野外活動的年輕男女和退休老人，個個精神勃勃，登山的登山，遠足的遠足，看看葱蘢的樹木和如油的綠草，走走盤紆的山路，聽鳥歌，聆蟲鳴，每一張面龐都是春意，每一句話語裏都是歡樂。

可惜這種好日子沒有幾天，又被另一陣寒流帶著春雨急匆匆趕來，大家無可奈何，只有聽天由命，除了上班族非要出門與雨對抗之外，不需要上班的朋友，只有關在屋裏與電視機抗戰到底了。

大自然的事歸大自然管，人的智慧雖然可以改造一些現象，但對大自然的一切都是束手無策，像長江黃河的水災，我們老祖宗跟它搏鬥了數千年，一到洪水氾濫，仍然是人畜遭殃，老祖宗躊躇無計；科學進步，我們一樣是徒喚奈何。其他如天雨天晴，只有靠天吃飯，看老天臉色過日子，誰有那分能耐能向老天要風有風，要雨有雨呢？

我是每日六時起床趕公車上班，下車後走十五分鐘的路才到辦公地點，對近兩個月的綿綿春雨，雖不曾詛咒，但撐著一把雨傘拎著一只公事包，總覺得是分累贅，不像天晴那樣步履輕快，每隻細胞都在笑的快感。因之，在步行途中，自己是一股勁全心全意趕路，從不注意道路兩旁樹木花草變化。昨日，忽然發覺柳樹在不經意間已然抽出了新芽，換裝了片片嫩葉；香椿樹的芽蕾也長成幾寸長了，最令人興奮的是一家院牆內的兩株桃花，居然恣肆地開了。二株桃花滿枝梢，我佇立良久，讓我看得好開心。玉蘭花本來是春末夏初盛開，也許是沾得春意早，雨催不容遲的原因，它也吐露了幾朵花蕾，陣陣幽香，撩人心癢。

通常，我們對人對事的看法，總會由自己的好惡所左右，其實，好與惡原沒有一定的客觀標準，好的不一定好，惡的不一定惡，就像天雨天晴，原是大自然調和陰陽的必然法則，好也好，惡也好，反正由不得我們作決定，我們何必在自家心理上先設下一重障碍，讓日子過得悶悶不樂呢？

春光不減去歲豔

切望下種的農夫，對春雨的感情最親切，只要天空灑下綿綿細雨，便不由心情雀躍的說：「春雨如油」。

在富裕臺灣，油脂是心臟血管系疾病的幫兇。沙拉油、豬油、花生油、葵花子油、麻油、奶油、清香油，互別苗頭，簡直是油類爭奇鬥巧的天堂；食用油使用一兩遍後，立刻棄而不用，深怕油脂發生化學變化影響身體健康。農家吃喝穿用全靠田裏收成，食用油多數仰賴山上種植的幾株茶樹或是春天黃花璀璨的菜花子油；富裕之家養幾條肥豬，待到冬盡臘殘時宰殺取油，當然不愁油水不夠；農家生活苦，每炒一盤菜，頂多灑一調羹油潤潤鍋底，那能使菜餚油光滿面。油品價高，購買力不足，油價高昂，所以才把亟欲獲得的春雨比之為油。

臺灣北部最得大陸高氣壓寵愛，臺中以南常常不屑一顧，每過移一次高氣壓，後面便拖著一大片雲層，南方上來的暖流衝不開濃濁的雲層，於是，天寒加上冷雨，往往三五天不得晴朗，上下班撐著雨傘，冒著雨絲，行走都不得方便；偶然來幾日天晴，心境就像春花怒放般燦爛奪目。

冬去春來，我們不曾聽到春的跫音，也未見到春的姿容，可是就在這綿綿春雨中，時序早已作了交替，春在枝葉間露了臉，在花朵中含了笑，在芊芊綠草中看見她舞步篤篤、姿態裊娜的形體。

四季交替，原不是大自然自己所能主宰，它完全取決於日照的長短而後定，亞洲的春天，卻是別處地方的濃冬，一樣有春媚夏綠秋色蕭條冬天寒森的景色，只是時間前後有差別而已。只有非洲最不得造物者所寵愛，一年長夏，熱得作物不生，饑饉頻仍。生命真是一種無可奈何的痛苦，生死禍福自己完全不能主宰，就像飄萍與轉蓬，轉到那兒就在那兒。

春為一年揭開序幕，以後的喜怒哀樂連幕搬演，一年的旱撈災禍情形如何變化？節序總會在春天給人滿懷希望，春風春雨與春花次第展開，頃刻間便把大地美化成錦繡燦爛。去歲的失意和消沉，全在一歲結束時交給了冬天帶走，一到春花綻放、綠葉乍萌時節，蓬勃的生意，盈盈的希望，隨即當頭滿懷撲來。

盈虛消長，像一隻圓形轉盤，交替轉來，善於調節自己的人，會在消沉之後振作，失望之後燃起希望；不善調節者，則像秋冬枯樹，一旦萎頓，即使春氣催發，依然了無生意。

前幾日，趁著春晴去山上踏青，這條山路我一年總要走好幾趟，看看山色，聽聽鳥音，讓心靈多少有些丘壑崢嶸林木蒼莽之美。去冬上山，有些樹木業已落葉，今日重晤，忽見滿枝梢盡是鵝黃的嫩葉，就像看見它生命的綠意自葉片中跳躍出來。

大陸江南桃紅柳綠山翠水媚的景色在臺灣沒有翻版，倒是臺灣山林特有的濃綠，卻不是大陸對樹木趕盡殺絕蒙受浩劫後所能得見，只可惜桃李杏梅，只有專業種植區才能見到，民家牆邊屋角滿樹繁花的景色不曾多見，倒是野樹雜草經不起春的婉言溫語，早已把花開得華麗耀眼，滿山喧嘩了。

年年春天我都走這山道，看春聽春和讀春，夏繼春後，秋踵夏末，春天年年來也年年走，山上的野花也年年應時開花，不怠不惰。春光不老，億萬年都是如此，人卻經不起歲月推移，眨眼間卻垂垂老去。感時傷事，誰也不免內心有些漣漪重重。

轉過山腰，陳家樸實的宅第就在眼前，每次上山我都去陳家喝幾杯濃茶，然後買數斤嫩筍回家。去年陳家讀國小六年級的女兒，今年已然亭亭玉立讀國中了，豐盈的體型，桃花般的臉蛋，羞人答答，像是一朵飽含水分待時綻放的花苞。春在野外看得見，在陳家也看得見。

大自然的春色，去年這般豔，今年不減去年濃，花紅葉蔥，充滿了生的綠意。陳家由於兒女個個健壯而充滿了活力，比之春色，卻是今年反比去年濃豔了。

它開花了

我在垃圾箱旁撿到一盆蝴蝶蘭，花已謝了，只剩下一枝花梗和兩片幾瀕枯槁的葉片，我捧起來數數它的花蒂數目，一梗十二朵，可以想見它當日花事絢爛時風華絕代的情景；一旦花事謝罷，立刻秋扇見捐，被人棄置垃圾箱旁，花若有知，該也有美人遲暮的感慨。我頗為它憤憤不平。

我覺得它有回復生機的可能，於是，把它拿回家放在陽臺上，剪掉花梗，澆上水，用濕布揩乾淨葉片上的塵土；我不敢料定它會立刻生機勃發，報我嫣然一笑，但卻看見它葉片碧綠如玉，似乎有股生意隱隱地透露出來。

此後，我三五天澆一次水，陽光酷烈時，我把它移到陽臺牆腳下，陽光溫和時，我又把它放置陽臺上，讓它接受大自然的生機催化。

如此過了兩個月，我居然發現它的葉心萌出一片新葉，根旁也有一條淺綠色牙根伸出來。它終於接受了我的愛撫，好像在告訴我：「我會堅強地活下來，不要辜負你一片培護苦心。」

新葉片長成拇指大後，我確定它已自死亡邊緣重甦，於是，煮熟一握黑豆放置它根部四周當肥料，並用海草輕輕掩住；此後，只隔數天才澆次水而已。

我沒有養花經驗，以前養花，全養些常綠盆栽，即使養常綠盆栽，也因不懂栽培方法而一一枯死，僅剩下一些空洞的盆盆缽缽讓我看了寒心。有一年買回兩盆螃蟹蘭，花事盛開之後，我更刻意照顧，希望它明年二度開花，誰料到最後還是枯萎而死。我不曉得是我過分慇懃侍候使它消受不了這分愛心？抑是我本就缺少護花賞花氣質？只配種地瓜栽芋頭當個粗獷的老農而已。

由於以前的養花經驗，因而我對這盆蘭花始終保持若即若離的態度，抱著姑妄一試的心理，讓它自己作生死抉擇。

人世間的愛，好像本就有一股催化力量，比如化頑劣為振作，化柔弱為剛強，化懦怯為勇毅，化忤逆為純孝，化猛獸為馴服……這全都是愛在生命中起變化的原因。植物無知，也不會用言語表達它的心意，但當我們加倍護育它時，它便會生機暢旺，活得生意盎然。我們雖沒看到它笑意盈盈的臉龐，卻能體會它欣快的情緒在生長中嶄露無遺。

這盆蘭花也是如此，當春節過後，它已抽出一枝花梗，花梗愈長愈高，復又旁生兩條岔枝；另外更自底部茁出另一枝花梗，四枝花梗共二十五朵蓓蕾。已開的花朵，大至十公分直徑，先放的十幾朵花，把一枝主梗粧點得華麗嬌艷，美不勝收。我每日在上班前及下班後，總要對著它諦視良久，欣賞它端莊而又嬌艷的姿色，讚美它，勉勵它，讓它知道有一個粗魯無文的人物，正是它的紅粉知己。

蝴蝶蘭開花了，它把生命中最精華的部分回報我，讓我的生命有春天的溫煦，花的芬芳，我的內心也像這朵朵蘭花，開得燦爛而嬌艷。

人生在世，有付出便有回報，即使不期望回報，單是付出，也是一分快樂，像養花、像畜養寵物，那分精神上的豐收，實不是金錢物質可以相提並論。為了自己快樂，在我們的一生歲月中，應該不吝嗇付出才對，能作付出，表示我們自己很豐富，誰不願意作一個生命內涵豐富的人？

柳堤

春天是楊柳得意的季節，經過一冬枯萎，等到春訊剛至，立刻露出小小芽苞，春風和陽光是帖酵化劑，沒多久，葉片掙開封錮，萌發淺淺綠意，然後蛻化為濃綠，等每一根枝條都穿上綠色衫裙後，她便開始裊娜起舞了。

柳性柔弱，但她生命力十分強韌，有水的地方固然是她合理的生長環境；就是亢旱西北，只要插上柳枝，便已插下希望，一旦存活，立刻昂然生長。左宗棠當年平定回疆，沿途遍植的左公柳，既遮蔭又綠化環境，至今仍然生意盎然，徑可逾尺。樹木與樹人，同樣為人間留下令人長興懷想的芳澤。

松柏桃李，梅樟柳榕，有的剛毅不阿，有的芳豔紛華，有的性耐歲寒，有的芳茂碧翠。楊柳柔韌而裊娜，別有一分韻致美。物各有性，不強求相同，不相互戕殘，在互相寬容與尊重的原則下，構成大千世界的繽紛燦爛。

在千萬種林相中，柳松挺拔，榕樹濃鬱，寒梅妍勁、桃李艷麗，各具本性，各富姿色。尤其是柳的飄逸和纖柔，像是一位姿色妍麗而又才情優異的少女，叫人不得不敬，不得不愛。

我對柳樹的喜愛，可能跟她滿樹碧綠而且綠得化不開的姿色有關。尤其是我大哥當年在河堤上種植的數十株柳樹，一到春天，柳絮翻飛，有如雪花片片，撒滿了河面河堤。夏天蟬聲唱晚，柳條搖風，飛燕與黃鶯，穿梭在婀娜柳條，濃濃的綠意，教人若醉若癡，使人覺得大哥像柳樹一樣高拔而偉大。

那條河道是條盲腸河道，上游有幾口水塘蓄水，關了閘門，平常只有淺淺水量流通；一旦落雨，則非有此條河道排水則會形成水田淹沒。平日水量雖少，河壑曲凹處卻蓄著泱泱水源，夏天水質陰冷，冬天則溫可滌面，是魚蝦藏身的好去處，紛紛聚在洞罅中生長繁育；不管冬夏，只要我們想吃魚蝦，便與堂兄弟們把上游水流堵塞，潑乾蓄水，便能抓得幾斤鮮魚蝦佐餐，絕不空手而回。河道深可兩丈，年年築壩攔水，灌溉左右農田，雖然河道低窪，不能開闢渠道灌溉高處農田，利用水車可濟此事之窮。所以，每年春天，附近享有此項水資源利益的農戶，一聞築壩訊息，咸都自動自發來挑土幫工。無如家鄉全為黃土丘陵，山質皆非岩石構成，壩址沒有巨石奠基，沒有水泥固定，年年築壩，年年上游水漲被沖潰，事倍功半，到了缺水期，依然飽受乾旱苦楚。

我大哥是位最笨拙的農人，自春至冬，他把歲月全部奉獻給農事，一生與人無爭無忤，不忮不求，農田是他的天堂，犁耙鋤禾是他安身立命的倚仗。他年年看著築壩潰壩，浪費人力和水源，還享受不到水資源的利益，於是，他等新壩築成後，謀得數十根柳條，插在河壩上。

柔弱的柳條蟄在高大堤壩上，顯得無足輕重，而且春天雨水豐沛，沒多久，便被萋萋芳草淹沒了。柳性好水，有水的地方就是她最佳的生存環境。暫時的偃蹇，終久要掙扎出自己的傲岸和高大。人與物相同，成者自成，理無二致。

歲月看不出推移痕跡，卻從事物上看出生長萎落的徵象，幾年時間過去，河堤河壩盡是柳樹高傲翠拔的影子，她頂著冬寒或春雪，像是一群衰頹的老人；等桃花吐蕊，她也精神煥發，綠意盎然了。一到春去夏來，株株碧綠的柳條，拂著和風，拂著稻香，拂著悠然吃草的牛背，那是一幅恬靜純美的農村畫面。每當雨絲斜打著柳條，一片朦朧煙景，醺醺醉人，蘇杭的江南煙雨景色，也在我們這處小地方重現。

我讀書的地方離家有十幾里路，站在家門口，可以依稀望見學校的簷牙屋瓦。十二歲那年，在父母望子成龍的心理下被迫送到學校讀書，每半個月才能回家一次。母親怕我想家，當她把我送出家門時，她遙指著學校說：

「如果想家，你只要看到你大哥種的柳樹就等於看到家。回家時，如果不知道路怎麼走？你朝著柳樹走便可到家。」

每日黃昏，我鐵定站在校門口眺望那搖雲拂天的柳樹，在心理上，我就好像看到大哥在田裏耕作，娘在池塘邊洗滌衣物的景象。

夏天，滿河堤全是柳的濃蔭，像一床綠色的帳幔，老遠看去，只見到綠蔭中人影幢幢，彷彷彿彿，有種如仙如佛的感覺。暑假期間，我們天天把牛趕到河堤放牧，人就躺在柳蔭下織夢、聽蟬歌；叔伯們割下柳條編織柳條籃子和家用器具。一路柳堤就是一路的兒童遊戲場和大人的工作場。

大哥無心插柳柳成蔭，給我們和左右親鄰帶來不少甜美回憶。

前歲回家，我發覺河道填平了，柳樹全被砍伐殆盡，連老根也沒蹤影，大哥也於多年前作古。我佇立大哥墓前，遙睇大哥植柳所在，想到大哥一生勤勞，惟一的享受就是喝幾盅自己釀製的米酒；死後不到數日，中共給他亂譜鴛鴦的妻子，把家具什物搬運回她自己兒女家，大哥沒有兒女，後事全是二哥一手料理。

人生悽悽皇皇，全為著三餐溫飽，辛苦付出，只求一生坦泰。大哥付出如此之多，他究竟得到了多少回報？也許他根本不曾奢望回報，只是默默種田，默默做人，把愛種在我們心裏，讓我們永生永世懷念他。想到這裏，我不禁潸然落淚。（為紀念大哥乾元而作）

淡淡的三月天

一年分四季，每季三個月，我們通常以孟、仲、季代表三個月的月稱。三月是春天的最末月，所以，我們稱之為季春；季春雖是春天的尾巴，卻是春天最成熟的月份。孟春元月、剛剛脫離寒冬的嚴威，百物生機剛剛甦醒，尚少一點春意。二月仲春，天候將暖未暖，花樹初綻芽蕾，春訊嘛！尚在踽踽舉步之中。到了季春三月，花紅柳綠，春水泱泱，蜂也忙來蝶也舞，整個原野全像一片畫景，濃濃的春意，亮亮的天空，把每個人的心境都妝點成一幅瑰麗圖畫。

臺灣南北只相隔數百里距離，天候則有顯著不同的差別，年年春天，高屏地區著短袖猶覺悶熱難耐，臺北往往非重棉厚毛不足以抵擋寒意，南部尚苦雨水不足，北部則感霪雨為苦。

二、三兩月，臺北多數日子是春雨綿綿，落得人心煩意亂。偶然有三兩日晴天，趕往郊區休閒的車輛往往途為之塞；景色較為幽靜的地方或私設遊樂園，更是人滿為患。可見大家在追求物質生活之後，更重視精神生活的充實。

我們住在木柵景美地區的居民，頗得山水森林的寵愛，政治大學一帶的峰巒，足堪讓人假日登臨，或結朋引伴，或攜家帶眷，安步當車，優游自得，一路欣賞山光水色，野花雜樹，綠的葱綠，亮的碧亮，沒有人為雕琢，盡得生態自然之美，叫人心胸怡然稱快。住在仙迹巖山麓下的居民，則以爬仙迹巖為樂，除非天雨，每日幾乎自清晨四、五時就有登山朋友絡繹上道。

仙迹巖是處獨立山巒，不與任何山勢接脈，雖不峭峻，卻也平凡可愛；山上沒有特殊林相，全為雜樹，各佔地勢，隨性生長，頗得雜樹之雜的美感。近幾年，經過臺北市政府的大力整頓，山道大都平坦如砥，讓老年山友不需要費去太多的腳力。如果爬到山頂，仍可讓人流出一身汗瀋，達到練腳力健身體的目的。

四年前，我幾乎是每日都爬仙迹巖，自從謀得一份工作後，因為要趕公車上下班，星期假日又有未了的事務待理，就把爬山的日課停頓了。

那天晚上的氣象報告，說是明日是個真正富有春天氣息的好晴天。第二日清晨，跳下床，我立刻趕去爬仙迹巖。天光尚很微弱，許多同好早已姍姍上路了，老幼男女，一面努力健步，一面互相問好，沒有拘束，笑談隨心，好一幅安樂和諧的畫面。

山上花樹，經過近三個月的春情孕育，業已葱秀迷入，野花品種不多，都能各逞艷色，吐露本能之美。十幾株櫻花，正是盛開花期，滿樹嫣紅，說明了春天就在這枝椏蕾蕚之間。有森林的地方就有飛鳥，一夜酣眠，養好了牠們的好嗓音，趁著這曙光初露的清晨，長短高低不同的鳥歌，此起彼應，唱得人心朵朵開。

大自然無處不美，只要我們用心去體察，即使是一棵枯樹，一塊頑石，也有大自然的妙造巧工。

依然是四年前那幅景色，凡是寬廣的平地，早有運動團體在集中運動了，滯澀的動作，配合輕柔的音樂，使尚在破曉的仙迹巖也提早清醒過來。幾處羽毛球場，球來球往，雙方廝殺得難解難分，躍動的笑語，教人感到這才是真正春天的早晨。

最令人感動的是幾位男女老山友，他們自動背負清水和早點上山，有人荷鋤頭、有人肩鎬鍬，到達目的地，立刻脫去上衣，整理一塊尚未竣工的平地；那處地方原是一處山沿斜坡，經過他們砌好地基，芟除雜木叢草，填平泥土，然後開出一條石階逶迤下去，便可容納十數人佇立或閒坐。他們不需要別人加油打氣，也不求人鼓掌叫好，只是盡心盡力做好「前人種樹」的工作。前人愛種樹，後人才能納涼，收穫不必指望在眼前，多為下一代盡一分心力，那才是高瞻遠矚的哲人；只顧眼前和個人私利而忽略子孫的安危禍福，歷史會為他定個「奸佞禍首」的罪名。

任何一樁事、一處地方，只要熱心公益的人多，這個社會便會正義之聲不滅，和祥氣氛濃郁；反之，人人為己，甘作寒蟬，正義沒落，巧猾猖狂，社會道德也便隨之墮落了。

站在山頂運動良久，太陽早已興致勃勃出山，視界良好，景美、木柵、新店甚至遠到中和的市景盡在眼底，高廈林立，房屋櫛比，看到那些新興建築，我好像聽到臺灣進步的步履篤篤作響。

蘇東坡說：「無肉使人瘦，無竹使人俗。」今日臺灣，吃肉是份負擔，多數人捨葷腥而茹素，以求健康長壽。蘇學士天天與竹相對，便能變俗為雅，也就像我們多與山林原野相接觸，自然而然便能涵育一分曠達氣質，若是久不親近山光水色，真會讓人變得傖氣薰人。環視眼前面的山友，個個笑語宜人，面容和婉，原來是他們天天登山受到大自然景色薰陶而得的。

夏天真好

春夏秋冬，四季分明，即使是南北極僅有長夜漫漫的時日，享受不到春光燦爛、夏色明麗的美景，終久仍在四季交替中過完三百六十五天的日子，誰也不能抗拒或改變大自然的法則。

大自然因為陽光照射的偏正而起四時變化，絕對不會一年長春或是一年長夏。地球不能抗拒太陽，我們當然也無力阻止或催化生物的生死榮枯。

由於每個人賦性的不同，在愛好上自然難以求其一致，有人好藝術，有人愛歌舞。春光明媚，花事絢麗，多數人都說好一個春景融和的季節，偏偏有人嫌它過於濫情。秋日皎潔，長空如洗，挾著滿懷遊興登山涉水，好不快哉，仍然有人厭它秋氣蕭煞。人好人惡，全因賦性不同或一時情感潮起潮落而有差異，這原是一種性情上的執著，把這分執著移之於事物上，好好駕馭，求得中庸，便能創出個人一番事業，放射出生命的光輝。缺少這分執著精神，隨世俯仰，與俗浮沉，自古至今許許多多傑出人士，豈非與植物一樣春生夏榮秋枯冬殘了。

自己年輕時，最愛大哥種的那群楊柳樹，高大挺拔，直衝霄漢，如絲柳條，裊娜起舞，在春雨瀰漫中，柳煙如霧，果真美得媚人。更愛屋角牆根那株桃花，開得縱情而放肆，像是一位成熟而又多情的女子，秋波流轉，媚眼四顧，教人禁不住她的風情挑逗。如今，年歲漸長，我卻最愛夏天。

二十年前，居住臺中鄉下，地曠人稀，儘管晌午烈陽炙膚，只要有電扇便能把整個屋子的悶熱驅散開。黃昏時分，夕陽西墜，只覺涼風咻咻有聲，吹得人遍身涼爽。入夜以後，左右鄰居都聚坐在院子裏，搖著大葵扇，話兒女婚嫁，談莊稼豐歉，人人心裏無城防，好一幅農村歡樂圖，直到一個人打哈欠，其他人紛紛隨聲應和，這才各自回家安歇。臺北是處水泥叢林，高樓大廈，阻擋了自然風的流通，人人怕熱，家家開冷氣，熱流在市區穿街走巷，行人經過，只覺熱浪襲人，汗濇黏衣，倒是便宜了冷飲店，進門落座，冷氣簌簌，喝下一杯冷飲，即覺暑熱全消，好不快哉——！

我喜歡夏天，是因為夏天雖熱身上衣著簡便，不必像冬天一樣全身重裝備累人。性格灑脫的朋友，汗衫短褲涼鞋，招搖過市，也不惹人另眼相看。像我在家，更是輕鬆自然，無拘無束；睏時，隨便打個盹，不怕涼寒侵人；若是真正過熱，立刻回歸自然，赤膊短褲，滿屋子遊蕩，除了妻子齗齗以為不可之外，兒女們大都知道老爸天生農家本性，樸素純真，沒有人反對我這種返璞歸真的生活行為。

冬天，我最怕冷，復因鼻子過敏，縮瑟之餘，還不時痛哭流涕，如喪考妣般過日子。讀書寫作，總是事倍而功半。每年夏天，便少掉這分痛苦，白天可以連續工作八個小時而不顯疲態，到了晚上，還能挑燈夜戰，精神百倍。所以，年終結算一年的工作績效，最數夏天的成長率最高。

人性貴自然，生活態度也以自然真實為貴，雕琢的人性，包裝後的生活，失去了原本面貌，事事做作，全是虛偽。一個人能處高位而不驕矜，居貧賤而不卑怯，合乎孔子「富而無驕，貧而無諂」之道，才是真性情的自然流露。做人要保得幾分本性？過得一種簡單而純真的生活才會快樂。我喜歡敞開心靈過日子，平平實實，清清素素；像夏天一樣，赤裸真實，毫不虛嬌，多美。

慵懶黃昏步步嬌

夏日晝長夜短，儘管白日酷暑難耐，一到黃昏，海風便會陣陣吹來，教人感到遍體舒暢。這時候，許多人挨在電視機旁欣賞節目，我總愛沖淨一身塵垢之後，登上頂樓，眺望四周景色，養目之餘復得賞心效果。

夕陽將沉未沉，夜色欲至又止，四周青山在暝明之間格外顯得嫵媚動人，似乎慵懶欲眠。都市中少見歸鴉投林的畫面，水湄旁的綠竹叢裏，都有鷺鷥的點點白影；溪水縈洄，蓄養著不少魚蝦荇藻，這就是鷺鷥的家鄉，也是牠們安家落戶繁衍後代的所在。

視線內只看到車輛輻輳，行人匆匆，卻看不到當年炊煙裊裊，牧童驅著耕牛施施然回家的寧靜畫面。生活在分秒必爭的現實社會裏，我們獲得了許多東西，也失去了不少悠閒的生活情趣，人總在得失之間掙扎而遭滅頂。

夜終於悄悄來了，等自己不再看到青山倩影和流水回眸的景況時，我才意興闌珊下樓晚餐。

秋冬時日，晝短夜長，每日黃昏這分視覺上的享受，便被時差剝奪了，拜訪頂樓的節目，只有改作每個星期日實施。好在不管人事怎樣變遷，青山綠水依然嫵媚，照樣明亮。

我非常羡慕那些居住在中正公園、國父紀念館和大安森林公圈附近的朋友，那兒有廣大的空間供人憩息活動，更有葱蒨的林木給人賞心悅目，早晚時分或假日，可以攜著兒女到那兒徜徉一段時間，讓綠意隔絕塵俗的干擾，回復一點優遊自得的心境。可是，那種地方的房價卻是天價，除非荷父祖餘蔭或早期就在那兒定居，一個市井小民那來的能力在那兒做窩築巢。臺北寸土寸金，房子已呈飽和狀態，房多空地少，即使有建地也被財團壟斷，廉價買戶住屋那是一個遙遠不能兌現的夢。因之，社區公園，只能以袖珍型名之，幾條便道，三五十株綠樹，遮蔭蔽日，飛鳥不來，如此而已。

多年前，政府鼓勵創作屋頂花園，尤其是大樓屋頂，空間非常大，種花植樹，安桌添椅，再建兩座輕便涼亭，鄰居們可以在上面健身談天，建立社區交往的情感。可惜，這項號召響應並不熱烈，喊歸喊，許多屋頂依然坦胸露腹接受陽光和月亮的蹂躪。

倒是我們頂樓的幾位芳鄰，他們雖不是園藝專家，在他們自己擁有那塊小空間裏，卻煞費了一番苦心，有人種蘭花，有人種盆栽，有人培植水耕蔬菜，把整個屋頂作重點式的點綴得綠意盎然。

今年的冬季好像有些步履嬌慵，好像一位羞於見人的村姑，剛露臉又羞答答躲進帷帳裏；雖屆仲冬，卻少寒意，天候依然是夏天那分亮麗，秋季那分爽適。因之，每個星期天，我總要在頂樓留連一個上午。

我是一個農家子弟，剛上小學就幫著大哥做農事。農村缺少勞動力，寒暑假，我那位勤奮勞苦的大哥總不讓我閒著，就像帶飯盒似的把我帶去惡毒的陽光下，冰凍的田水中幫著幹活，即使沒有重活作，他也會支使我做這做那。也許大哥內心寂寞，有我這個幫閒跟著，他的農忙生活至少有個伴。由於大哥給我這分磨練，至今我仍熱愛耕稼生活，眷戀當年耕田鋤圃的日子。自從讀了幾年書後，如今我已變成一個四體不動的都市廢物，沒田沒土，縱想鋤鋤挖挖，也是無可奈何。倒是頂樓鄰居的園藝給了我一分「奉獻」機會，我幫著他們剪枝捉蟲，施肥澆水；好像植物也有一分情感，你待它情厚，它自然回報你一分蔥綠和收成；看到它們那分努力生長的昂然生意，我想，那一種生命不要照顧和溫暖呢？

自己沒有能耐攀爬山峰，享受山中的寧靜氣氛和披襟當風的快意，能在頂樓遠眺青山隱隱綠水迢迢的景色，也是人生一快；不能像鷹隼般展翅天空，一伸青雲壯志，看一看白頭翁和其它飛鳥飄然掠過的身影，也夠自己心境為之怡然。尤其與鄰居相聚這段時間，彼此交換工作經驗、齊家心得，批評時政，臧否人物，高談闊論，毫無忌憚，縱然有一點三姑六婆味道，彼此靈犀相通的共鳴感，也為社區情感起了發酵作用。

人與人之間的一堵牆，是因為各自先設下一道城防，不讓對方走進來，假如大家平日多交談幾句，遇有急難，彼此扶持解決，由言語溝通而心靈情感溝通，社區一家，安危同仗，何至於雞犬不相聞，老死不相往來呢？

竹風沁涼

我坐在竹叢下，敞開衣襟，讓晨風恣肆地為我沐浴。

這是一座全部種植闊葉竹的山坡，筍、葉兼採，滿山葱綠，走入其中，很有一分「獨坐幽篁裏，彈琴復長嘯」的衝動。

昨日黃昏竹園主人就把竹筍收走了。逃過一劫的嫩筍，此刻，正試探地露出幾片葉尖，看看人間還有何種災劫？

生長是項艱難的過程。開花結果，耕耘收穫，這是耕作的定律；耕作後有豐收，勤勞後見績效，才能鼓動起往後的工作熱忱。

老子曰：「天地之大德曰生」，生存是萬物共同享有的權利。雖說「物競天擇，適者生存」，但儒家仁民愛物、萬物一體的思想，就較許多囿於一己偏見的思想學說廣博而精深。要取，亦當要予，生存必須取，取了之後，理當要奉獻。人不可能長生不死，生物不可能萬古不凋，作了有意義的奉獻，才能彰顯生命價值。竹筍有知，它必會為它自己對人類的付出感到欣然。

此地展望良好，站在山坡突出處，就可看到木柵、景美鱗次櫛比的房屋，和路上啣接不絕的車輛。畢竟與市區有些距離，雖見市貌清晰，卻是紅塵不到，紛擾不來，令人覺得格外寧靜。

這片山坡的竹子，叢叢簇簇，各自獨立，竿如挺玉，葉似翡翠，把天空都染蒼綠了。

種植竹子，用力少而收穫多。夏筍價賤而量豐，冬筍量少而價昂，經過短時間的休養生息，立刻大肆奉獻，而且葉片是裹粽與編笠的上材，竹枝可製掃帚，竹竿可供工藝或當建材，連竹根也可加工製作鬚髮蓬茸的老人。自根至葉，無一廢料。

竹的價值，全仗我們人類的智慧創作才能登大用，若無人類巧思創作，竹的價值必與其他林木相等。

物無廢料，人無廢材，此中際遇，全看運會；用則龍飛在天，騰躍乎杳冥之上；不用，則版築飯牛，屈居甕牖之下，以終餘年。此中幸與不幸，頗堪玩味。

我知道這片竹園先我而存在，它不為我的發現、賞識而欣然，我卻因為它而充實了生活內涵。每日清晨，慢跑後走進園裏，浴著竹蔭，吹著清新晨風，既得了新的啟示，又獲得一分完成後的快樂。

我們常常覺得忙碌一生，依然空乏無成，內心茫茫然無所依歸。實則，成就感因人而異，大人物有大成，我們這些卑微人物，不能經國濟世，能夠助人一臂之力，而有些許奉獻以滿足自己心理上的快慰，何嘗不是另一種成就呢？

意識決定行為，客觀認定當然比自我肯定有價值，當我們不能贏得客觀認定時，只要我們不違背法律、道德和社會善良風俗，何嘗不可以自己肯定自己。

不過，我很欣慰自己一生擁有一顆與人為善的心，不曾浪費生命，虛耗歲月，我仍然覺得自己小有成就。

晨風習習，風裏帶著竹的清香和晨光中的靜穆，它使我清醒，也使我思想清新。

雨季

年年有雨季，雨季中雨量多寡？全看雲雨帶走向而定，氣溫、風向、地區性突然形成的氣候變化，都能影響雲雨的走向和遲速。因為梅子恰好在這段期間成熟，所以，我們把這種雨勢叫做梅雨或黃梅雨，送它一個飄逸而雅麗的名字。

古早農民全是靠天吃飯，雨多雨少，沒有力量左右。今天，科學雖然進步到登陸月球，可以太空漫步；造雨技術也可變無為有，卻不可能隨心所欲，要多少雨就造多少雨，而且能夠布施均勻，甘霖遍灑。由是可見人類智慧依然有一定限制。倒是築堤建壩的技術，解決了蓄積水量的問題，免得水資源的無謂浪費。多雨時節，水壩發生蓄積效果，然後隨需要調節排水，供應農耕和飲用。靠天吃飯的自然法則雖然改變不大，人力可以勝天的智慧多少開創了人類自己否泰的命運。

去年雨季，老天爺跟我們開了一個大玩笑，本來南部缺水嚴重，亟須水量補充，老天偏偏把雨量落在北部，北部水庫漸趨豐沛，南部則望眼欲穿。各個水庫不斷供應用水，蓄水量日漸減少，最後只有六七成蓄水量，於是，大家盼望七八月颱風雨補足蓄水，誰知道事違人願，幾次颱風，老天爺偏偏把雨落在花東地區，造成坍方崩路，農作物嚴重受損，加上夏秋兩季用電激增，水量愈來愈少，政府只好採取緊急措施，將部分農地休耕，把飲用水列為第一優先。

今年，老天爺特別照顧我們，還不到雨季，全省水庫普遍蓄滿八九成水量，耕種飲用，大體足堪供應；現在只期望颱風季節，雨量佈施均勻，不溢不缺，不潦不旱，恰好補足灌溉飲用的消耗，那就是天恩浩蕩，惟禱惟祝。

雨量的分多潤寡，老天爺也不能全部作主，比如同樣是亞洲，越南有穀倉之稱，當然是處風調雨順地方；印度一年平均雨量最低，沙爾沙漠不到四英寸，使許多地方常年亢旱。孟加拉不是乾旱就是海水倒灌，老百姓承受天災之外還要承受人禍。住在同一個地球的人類，歐、美、亞洲多數地區的人們都能享受雨水豐足的耕種便利。非洲則有三分之一地區苦旱，年平均雨量都在三百毫米以下，雨量不足則耕種不便，糧食不足，自然是貧窮與落後糾纏不清，老百姓一生都在飢餓邊緣受煎熬。

天既生我，為何不養我？有人一生榮華富貴到白頭，有人衣不蔽體，三餐不繼。何其幸與不幸如此？

天如有知，天也厚此薄彼，豈能謂之天心仁厚，同樣是圓顱方趾的人類，為什麼待非洲人民如此苛酷？

天如無知，雨量分佈，畢竟受到地理環境天候變化等因素所影響。人類的能力，小地方或許可以巧奪天工，大地方依然束手無策。天旱天潦，只有聽任大自然隨興擺佈。

非洲大陸是僅次於亞洲的第二大洲，佔世界陸地三分之一，其中臨近尼羅河、甘比亞河及湖泊地區，因為有水灌溉，土壤也甚肥沃，自然農耕畜牧兩皆相宜。有些地區屬於沙漠地帶，沙漠地底如不產石油，實際上就是廢地，當然不能耕種。有些地區廣佈熱帶雨林和草原，既是草原，雨量應該足夠種植，無如那兒是野獸樂園，獸類佔奪了人民生活的領域和資源。強悍的民族尚可獵殺獸肉充當糧食，截長補短，以有餘補不足。嚴格說，昊天調節有方，仍然算得上仁慈。有些地區，人口繁殖快，使本來不充裕的糧食更難均衡供應民食，加之，離草原距離遠，也少獵取野獸的便利，忍餓挨飢，好像原是天注定。而且野心政客，只求饜足個人統治欲望，罔顧民生，使哀哀無告的人民長年飢饉交迫，無以為生。

我們居住的地方算是一處福地，氣候溫和，雨水充足，一年收成可供三年糧食；政府本著藏富於民、民富則國富的原則，四十年來，先後興建二十幾座水庫，縱使風不調雨不順，我們依然可以按時播種按時收穫。尤其自科學農業到全力發展工商業後，我們的外庫存底列為世界第一，國民收入平均達一萬美元，這固然是我們全民胼手胝足後的成果，何嘗不是老天厚待我們的明證。即使偶然發頓脾氣呵斥我們，我們依然可以用人力以補天時之不足，變無為有，轉不可能為可能。較之非洲、印度、孟加拉的老百姓幸運多了。可惜我們富得太快，生活富了就暴露人性縱欲的劣根性，好逸惡勞，炫耀自私，忘記先人勤勞儉樸的創業辛苦。福厚福薄？祚多祚寡？全靠自己把持，濫享了福澤，有朝一日天威震怒，不再甘霖遍佈，我們又欠人力勝天的智慧和毅力，忍飢挨餓的命運勢必要輪換我們來承受了。天公疼好人，我們不能再穢惡自己的德性，勉之哉。

雨中徜徉

連朝陰雨，雖然有些寒冷，因為少卻北風助虐，所以，並不怎樣嚴酷。走在雨中，當然沒有在春雨如油中散步心情怡然，也沒有夏雨急驟時令人措手不及。緩步而行，讓雨點輕輕敲在傘頂上，絮語綿綿，聲音清脆，也是一種生活情趣。

我沿著河堤往上游漫步；冬季雨水不多，河床大半已經乾涸，坦露的河床，已被附近居民利用種植一畦畦綠油油的蔬菜。經過整治的河道，中間水渠道卻是清流汩汩。覓食的鷺鷥在河水裏悠閒地振羽濯喙，尋覓食物，不曾受到人們的干擾。

兩岸山峰，經過雨水沖洗，青葱秀麗，氣象蔚然；尤其是一叢叢竹子更見姿質葱茂，纖塵不染；雲霧不濃，只像片片薄紗輕巧地快捷掀過。

我以為享受雨中漫步只有我一個人，原來樂於此道的同好仍然很多；有一位年輕母親，帶著兩個雙胞胎女兒摟在雨傘下笑語不絕；一對年長夫婦互攙著在雨中緩步細語，狀極愉快；幾位年輕人居然不用雨具，甩動粗壯的臂膀在河堤上慢跑，一路笑談歌唱，道出年輕人的心情飛揚……由於年齡層次不同，走過的人生道路長短不一，各人對雨中的領悟不同，所獲得的樂趣想必也是各有差異。

臺灣是個富足社會，為了追求更富足，大家忙於工作，而忽視了休閒活動。富足養肥了大家的肢體，卻乾瘦了精神和思想。物質領頭衝刺，文化的腳步卻在後面蹣跚不整，沒有文化薰陶精神和人品，我們當然只有疏離和無禮，每個人站在自己的圈子內看事物，只有自己沒有別人，只有個人沒有團體，一盤散砂的民族性，依舊不得整合和凝聚；一個富而無禮的社會，讓人看到盡是粗糙浮淺的一面，不能不說是一個悲哀。

我走到政治大學附近再踅回來，雨已經停了，我收起傘，頭頂上雖然籠罩的仍是一片鐵青的天空，心頭卻像有一顆暖融融的陽光當頭照臨，感到好怡暢。此時，河堤上散步的人俄頃間增多了，笑聲不再是孤鳥哀鳴，已有此起彼落的呼應。

我怕寂寞，怕離群索居，怕一個人獨佔應該與人同享的歡笑，所以，我向每一位對面來的人點頭問好。有的回我一朵微笑，有的則漠然地快步走過。我知道他們心裏築了一道牆，有意無意阻擋住友情關愛走進他們的心靈。我不管他們的反應如何？我仍然向每位來人微笑。友愛像播種，撒下土的種子，有的可能會霉爛，有的必然會發芽，發了芽的種子，自然會茁壯而欣榮。

過去，我們一直把兒童視作希望的象徵，誰見了，都會情不自禁摸摸他們的頭頂和面頰，表示喜愛和善意；現在，誰也不敢這樣做了，原來，歹徒們姦污了這分友愛和善意，天真兒童的內心不得不築一堵牆以防歹徒入侵。現實社會既然讓天真兒童也起了戒心，我們且莫驚嚇他們，只有抑制幼幼的天性衝動，遠遠地護衛他們，讓他們安全而正常的長大。

人的四肢五官沒變，為什麼人性、思維法則、價值觀念、生活方式卻不斷在變？變到最後，我們跟禽獸的距離卻是愈來愈近了。

我們當然不可能回復想當年的日子，卻教人無法不懷念淳樸善良的祖德宗馨，假如能夠回到老祖宗的歲月，我寧可放棄目前的物質生活，而過恬靜安詳不爭不擾的日子。

河堤離市區不遠，漫步堤上，卻有一種遠離紅塵的感覺，心靈充滿了空靈和飄逸。

一個半小時的雨中徜徉，對生命是分滋補，對體力是場喚醒，回到家，我攤開明代小品文輕聲朗誦。我不可能把明代拉回到現在，卻讓自己有分古老的樸真。

瓜棚底下好納涼

我愛絲瓜，更愛吃絲瓜，因為它有十足的鄉土味。

絲瓜性儉易種。所謂儉是指它易於栽培，不是那種需要刻意維護的植物。它只要有濕潤的土質，有一座可資爬伸的棚架，便可恣意生長，綠滿整個棚架。絲瓜多產，不受家庭計劃影響，一到開花結瓜季節，立刻大瓜小瓜綿延不斷，累滿整個棚架。

絲瓜味甜而性柔和，獨煮或與其他高湯烹調，都是別具風味•若是涼拌，也富另一種特殊味道；為炎暑天氣的最佳食品。是食品中恬淡謙和的君子。

農家種絲瓜比種冬瓜南瓜好，冬瓜南瓜體積龐大，結瓜一粒可抵十餘條絲瓜的重量和價值，但因南瓜冬瓜結瓜不易，而且一株藤蔓頂多結兩粒瓜為最大極限，一旦多結，養分分多潤寡，瓜便無法長成碩大無朋；而且成熟時程長。不像絲瓜綿綿不斷的開花結果，一株藤蔓可結十幾二十條瓜，在收成和價值上，較之種冬瓜南瓜並不遜色。

本省中部為蔬菜盛產地，菜農種絲瓜不是一株兩株栽培，而是整片地栽下有幾十株瓜苗，一旦藤蔓爬上棚架，便像一棟綠色巨屋，碧玉般的絲瓜懸在棚架下，不受日晒，靜靜地等待長大。瓜農們於每日黃昏在棚架下選取已然成熟的瓜條，整簍整筐的運去市場出售。那份碧綠的色彩，溫潤如玉，給人一份極大的喜悅和滿足。

我住臺中水湳時，眷舍後面有塊五六坪大的空地，平日晾衣或供孩子辦家家酒，雖然不及自己當孩子時那樣海闊天空在農野奔逐，在上無片瓦下無立錐所有權的我們來說，仍然可當大用。

為了豐富家庭肉食，妻子年年飼養九斤雞和紅面鴨，紅頭鴨是種賤養動物，性情隨和，隨遇而安，既不挑剔居住環境，在飲食習慣方面，也是有什麼吃什麼，葷素不避，從不挑嘴。一旦長到成鴨，牠就可以自謀生活，不需主人操心。不過，牠的衛生習慣不好，隨地便溺，影響環境衛生。

軍眷大都具有儉樸而勤勞的德性，接辦副業，輔助家庭經濟，種菜養雞，改善兒女副食供應，彼此互為影響，相習成風。一天，妻子忽然心血來潮，自水湳市場帶回兩株絲瓜苗，她把後院一角的泥土挖鬆，然後把瓜苗種下去，為了防止紅面鴨啄食瓜苗，特別用竹片圍成圓柵，由於土肥水潤，絲瓜在最短期間內抽出一公尺多長的藤蔓，生意盎然，不可遏止。為了給它一處好的生存空間，我特別買來四根水泥柱，然後用粗鐵絲搭成一座高棚架。這兩株絲瓜一旦有了依靠，立刻昂首闊步往上爬，不到一個半月，滿棚架盡是碧綠的葉片和綻滿金黃色的花朵。

我國以農立國，千萬年來，農民埋首耕稼，無怨無悔，上一代過去，下一代再與土地牽夢繫魂，永不覺得厭倦。他們為什麼會樂此不疲呢？因為作物的欣欣向榮會給他們帶來無窮希望和喜悅。我這兩株僅有的絲瓜，每天看見它蓬勃的生意，我內心便有一份豐收在望的快樂。

白天，它給我家後院招來一棚涼蔭，晚上，瓜葉碧綠的誘惑，引來螢火蟲打著燈籠前來拜訪，白光閃閃，也是一分夜色美。

十八年前，軍人生活十分清苦，家中能有一臺冰箱為孩子製作克難冰棒消暑，那就相當闊氣。白天只有仰仗一把搖頭晃腦的電風扇趕走一點暑意；就只這微小一點工作，電風扇還覺工作過重，時不時怠工不幹活。

好在我們後院有棚絲瓜，每覺屋裏燠熱，孩子們便搬張小凳坐在瓜棚下納涼做功課，鄰居兒女多數趕來湊熱鬧，瓜棚下反而成了孩子們的聚會場所，歡笑洋溢，別是一處天地，別有一番樂趣。

由於瓜葉巨大，藤蔓糾結，瓜葉疊著瓜葉，陽光根本透不進來，棚架碧綠，棚下幽蔭，坐在棚下不需搖扇招風，也覺遍身涼適。每日中晚餐，孩子自動自發搬出小方桌，擺下飯菜，邊吃邊聊，吃得盡興，也吃得快樂。

我一直認為營造一家歡樂，並不需要用許多金錢購置一戶華廈，添購豪華設備。只要夫婦和諧，兒女上進，粗茶淡飯，衣食無虞，照樣有它一分歡樂。農漁之家，茅檐矮屋，傍水背山，自然之美，知足之樂，何嘗輸過鐘鳴鼎食之家。像我家住在水湳那段日子，孩子們每當聚會談及，猶覺津津有味，認為是成長歲月中的最愛。

由於絲瓜種在水溝邊，復有紅面鴨的排泄物供作肥料，所以滿棚架懸著大大小小的絲瓜，摘了大的，小的又接著長大而供應不匱。在本省絲瓜品種，以澎湖絲瓜味道最美，嬌小修長，屬於玲瓏型產品。我家種的絲瓜卻是碩長壯實，體型魁梧，像是日本的摔角選手，筋肉結實，一條絲瓜去皮之後，可煮一大海碗，足夠一家大小大快朵頤。那一年我們吃夠了馨甜的絲瓜，也讓左右芳鄰分享了我們一分生產成果和人情味。

遷居臺北之後，房子是公寓型式，家家鐵門對鐵門，巷子背巷子，每想到在水湳居家時那極其微小的田園生活亦不可得，內心總覺得彆扭得慌。雖然有心想栽一棚絲瓜，無奈缺少閒地可以利用，看著門前人潮洶湧，車輛輻輳，總有一聲無可奈何的長嘆幽幽吐出來。

活在空間狹小的臺北市，良田佳園早被高樓大廈蠶食鯨吞光了，曾經享有田園之樂的上一代早已一一謝世，下一代只戀聲色犬馬，不慕鋤雲耕月，早看秧田晚瞧瓜之樂。像我們這些寄食都市的遊民，就是有心為農為圃亦不可得，冀望重享田園之樂，也是一分夢想，豈是如此容易可得？

我把山水引入心胸

許久不親山水風光、花草樹木，自己覺得傖氣薰人。過去，常逛假日花市，由盆花樹藝中收取一點清新。如今，自己都覺得傖陋不堪，在別人的感受裏，料必愈加俗不可耐。

臺北是處盆地都市，居住市中心的人，充分享有繁華的便利，燈光灼灼、鬢香衫影中，看盡姣麗豔色和人生世相；要想一親山林清新，都要往返搭車，費時費事。居住市區邊緣的人，與自然景色接觸機會較多，儘管臺北近郊都是低矮丘陵，倒不失蓊鬱葱秀之美，假日爬爬山，看看山光水色，也算得上是性靈上的最高享受。

曾文正公曾經有兩句訓誡兒孫的話說：「由儉入奢易，由奢返儉難。」都市建設也像這般情況。四十年前，臺北市只衡陽路一帶屬於繁華地區，此外，到處都是禾花清香，綠竹漪漪，早晚雞啼鴨唱，充滿了田園風光；如今，處處大廈聳雲，汽車奔馳，大自然的原貌無處尋覓踪影。此不正是「由奢返儉難」另一解釋嗎？也是另一景色的創造。

年輕時，大家嚮往紛華的生活，追求富麗的人生，熱中感官上的饜足；進入中年後，該走過的路已經走過了，該經歷的事物也已經歷了，於是，由粗糙的感官享受精進為性靈上的滿足，由熱鬧歸於靜穆，由紛華歸於淡樸，由神異趨向平凡，由穠郁回歸清簡，進入老境，便不再十分有機巧心、算計心、好勝心……這在人生階段上已進入回歸真璞的圓熱境地，像是節序由初春進入到秋冬。

人生只幾十寒暑歲月，但每一個人的人生歷程都是一幅絢麗多彩的畫，有人把人生解釋作奮鬥，有人說是競爭，有人謂之掙扎，有人喻之為戰鬥，不管用什麼字眼來形容，都在表示日子不能等閒過、不經國濟世、利用厚生，也要無損社會人群，若是渾渾噩噩無所作為過一生，人世間只是多了我們一個生物而已。

人人都有私心，私心到踩著別人墊高自己的尊榮，那就太缺少一份把人同等看待的愛心。大公無私的人畢竟是少數，只要凡事公平競爭，平等對待，在差異中求勝負，愛自己還愛別人，愛家人也愛國家社會，這就是個極不平凡的人，是個充滿祥和的社會。

自然界的山明水秀、鳥語花香是幅祥和圖卷，把它引入心靈中，讓心中有峯巒巍峨、水光媚麗，笑語之間便會怡然和樂，盛怒之下則會驟然和煦春暖。人人爭較之心少，互助之心多，猜忌之心少，信任之心多，怒目相向的時間少，笑語寒暄的時間多，這人世間豈不是處處桃源，處處天國。

人與人相處沒有特殊訣竅，多一分謙讓便多一分和諧，多一分容忍便多一分祥和，多一分付出便多一分友情……心無限大，愛無限多，把愛心充分發揮，便會處處有溫情，把私心充分利用，便會處處多怨尤。我們為什麼不把自己的心靈塑造成一處林木茂盛、繁花種種的花園？而要將它作為藏匿罪惡之源的處所呢？

為了生活，每日上班下班忙碌，我那有機會天天與山光水色相接觸，只有利用晨昏時分，站在陽臺上，遙睇遠山近樹、農村墟舍，把它引入心靈裏，讓拳拳之心，有山有水，有花有草，有了山水滋潤，自然而然清簡中多富麗，無為中而有為，心靈充實，精神豐富，物質生活儉嗇一點又算什麼呢？

生活、生命就是這樣實實在在，絲毫不可踏虛蹈空的事情，怎樣播種便會怎樣收穫，怎樣愛別人，別人也會怎樣愛我們，那有半點虛假在？

你我沒有理由怨尤

我在「宇宙光」雜誌看到楊恩典的側面照片，雙目凝視，輪廓很美。恩典長大了。

自總統經國先生懷抱中的無助小女孩，長成獨立自主而又在國畫中頗有造詣的一位亭亭少女，恩典的成長，艱難而苦澀。

上帝虧待了這位小女孩，祂賜給她毅力和智慧，卻不賜給她雙手；幸而上帝仍然以楊牧師夫婦至高無上的愛，補充恩典父母之不足。

這位爸爸媽媽愛她，疼她，照顧她，教育她，終於把恩典訓練成一位有相當成就的口足畫家。

在一般人心裏，別人四肢百骸都健全，為何上帝偏偏吝嗇賜給我雙手？小時候，恩典的歲月無憂無慮，無知無識，她也許根本不覺得沒有雙手的缺憾；等她懂事以後，她在爸媽的鼓勵下，在上帝的祝福中，在多少識與不識的朋友關愛裏，卻以坦然的心境接納這項痛苦的事實，咬緊牙根，克服困難，用雙足完成她缺手的遺憾，在書畫中走出她自己的新天地。

這是一位堅強而聰慧的女孩，無恨無悔，無怨無尤，她為自己開創自己，為瑰麗的人生畫出絢爛的畫面。

生命有完美也有缺憾，若是完美的生命缺少完美的情操，這種生命仍然是缺憾；不幸獲得的是缺憾的生命，卻擁有完美的情操和心靈，那種生命仍然是完美。

恩典自缺憾中塑造她的完美，多少她熟悉或陌生的朋友都為她欣慰、驕傲和祝福。

在這大千世界中有太多的不完美。在諸多諸多的不完美中，有的是人為因素，有的則是天生如此，人為因素造成的不完美，我們可以通過自己的力量去改善它，讓它臻入完美。至於天生不完美，除了運用智慧毅力強化其他方面的功能，以補天生缺憾外，不能怨尤，不能痛苦，因為這些情緒上的激盪對既成事實毫無助益。與其在怨惱中痛苦一生，何不像恩典一樣走出那個讓人滅頂的漩渦，塑造自己另一種完美呢？

常見許多年輕朋友，一旦遭遇挫敗，立刻自暴自棄，頹廢不堪，再也沒有衝破瓶頸的勇氣。有些貌寢姿陋的女孩，為了美而不惜借用人工的力量以補不足。實則，自然就是美，靈魂德性上的美，比徒具亮麗外形的美更能讓人折服敬愛。

恩典長大了，她從挫敗頹喪中走出自己的新天地，它雖然缺少雙手，實則，她的毅力、生存意志和無窮的希望，她比任何人都美。她給我們一面激勵效法的鏡子。

跌倒了，爬起來，失敗了，再振作，這一次失望，下一次點燃另一個希望再照亮自己。比一比，我們仍然很幸運，恩典都能坦然接受令人不平的命運，你我有什麼理由悲苦怨嘆呢？

天命與努力

窮通否泰，有無天命？自古至今，一直各說各話，難有定論。有謂積德可以養福，行善可以回天；有說只要努力以赴，一旦水到渠成，自可成功徼福。

兩種不同意見，都有它立論的基礎。命數之說，固然不免玄虛；努力之論，亦非無根浮言。觀之歷史成大功立大業、功名蓋世，富貴終生的人物，大多先有德根，再經過後天努力，塑鑄成功條件，因勢利導，才能創立不朽功業，流芳萬古，人人稱頌。

如果自哲學觀點看得失否泰，得或為失，失也許就是得，否極泰來，泰極否至，禍福原本相依，否泰實則相通，此層哲學修持，不是經過長久的歲月人生錘鍊，很難悟得其中旨奧。

成功並非偶然，知道養德待時，蓄學候機，一旦風雲際會，自然風虎雲龍。假如只知怨天尤人，自憐自悲，自以為懷才不遇，不得登用，於是，消極頹唐，不知力學待用，一旦獲有機會，終因才有不足，學有不逮，結果，坐失良機，仍然老死牖下。

自古至今，隱遺德於版築之下，棄大材於屠釣之間，大有人在，他們用則振翮高舉，大展才具。不用則逍遙林泉，鹿鶴相隨，行止進退，自有分寸。此中修持，要非有哲學為基礎，怎能知道如何取捨從違，因應窮通否泰呢？一個人遇與不遇？用與不用？我們不應從消極觀點看，凡事要反躬自省，問問自己紮實了「用」的基礎沒有？具備了待用條件沒有？我們對國家奉獻多少？對工作付出了幾許？假如答覆是正面的，今日用人惟才，絕對不會野有遺賢、外有棄才。若是做事投機取巧，避重就輕，不敢負責，散漫推諉，換成任何人做主官，誰也不會樂意用這種幹部？

生也有涯，壽也有盡，一個人不可能長生不死，壽永年長。人既有生死，自然就有晉升黜陟退休養老的事情發生。在未退休前，我們要竭盡所能為工作付出，為國家奉獻。

「做一天和尚撞一天鐘」的觀念與做法，實在過於消極，我們應該「一天要當十天用」，才能對得起國家付託之重，而不虧職守責任。年輕時，我們只取不予，現在該是回饋國家社會的時節，我們的付出和奉獻，不僅是為我們自己，更是為我們後代兒孫，我們總不能對歷史沒有交代。一旦面臨退休，就不必戀棧權位，新陳代謝原是人世間的自然現象，只有不斷的新陳代謝，才能生生不息，促使進步。既經退休，就該將生活妥作安排，開創自己的興趣和潛能，轉移工作目標，不可投閒置散徒貽休戚。只有退而不休，才能找到生活樂趣，重新悟得生命真諦，黃昏夕照，別具絢麗。

永遠不嫌太遲

翻過山巔，越過水涯，看多了山水風光，歷盡了人事滄桑，一路荊棘牽衣棘手，滿身創傷，累了，真的累了；我勸你且莫急著趕路，坐下來憩憩足，喘勻氣，洗淨塵垢，療治創傷。回顧來時路。

雖曾多次顛躓，然而一次次的驚險經歷，豐富了你的生命，儘夠你咀嚼回味；點點滴滴累積的人生經驗，就是指引你前進的明燈，瞻望前程，這時刻雖路途遙遠，日落猶未，檢討得失，重整信心，酣睡一夜，今日不走，明白一早出發。

人生路途很長，我們不是朝生夕死的蜉蝣，也非春生秋萎的芳草，幾十年歲月，與天地日月相比，當然算是短促。如果好好利用，絕對可以創下一番事功，問題是我們常常虛耗了時光，把黃金般歲月作了毫無意義的浪費。

大學問與大事功，不是一朝一夕的功夫，它像簷滴穿石，磨杵成針，日積月累，自然見出深厚功力，享受得成功的喜悅。如同穿越隧道，摸索走過黑暗的中部，到達盡頭，即可見到曙光湧現，光明向我們招手。

有句俗話說：「不怕慢，只怕站」，步子雖慢，畢竟在不斷前進，總可看到一些功效。若是故步自封，踟躕不前，即使別人不遺棄我們，自己也把自己等老大了。

人的心境有好有壞，情緒也有高潮低潮之別，這是常態，不是變態，正如日有晴陰，月有圓缺，當心境惡劣時，我們暫時找件可以轉移情緒的事情去做，比如與友朋訴說衷腸，或去看場電影，或去旅遊數日，忘卻它，丟棄它，待心境調適過來後，你可能會有更深的悟得，然後重整旗鼓再出發。

當事情遇到挫敗時檢討得失，挫敗必有其因，排除挫敗因素，事業即如旭日東升，雲翳盡除，一片晴朗好天氣。

科學愈發達，分工愈精細，社會愈繁富，創業成功的機會愈多。機會不止一個，即使稍縱即逝，仍有太多太多的機會等著你，只問你儲備了多少學識、才能，作為創業資本。若是你把時光虛度了，害得自己準備功夫不夠，強勢的別人便會捷足先登，你只有眼睜睜看著別人成功。

不過，這也不是世界末日，只要你有心起步急追，便會永遠不嫌太遲。

莫敗在自家手下

作戰有敵人，競爭有對手，贏了，贏得光榮；輸了，輸得甘心。畢竟，是經過一番較量才得出的結果。

很奇怪的是許多失敗事例，不是敗在敵人手下，而是敗在自家手中。

俗話說：「明槍易躲，暗箭難防」。旗幟鮮明的競爭對手是明槍；自己心中之賊便是暗箭。

這些心中賊，就是見異思遷的意志，隨時更易的目標，好高鶩遠的理想，不耐寂寞的心性，貪圖逸樂的惰性……。

人的情緒有好有壞，自己可以作主；我們樂觀或悲觀？奮發或怠惰？不需要隨著客觀環境作浮沉。即使情緒有時低落，就像自來水裏摻有泥沙，經過若干時日沉澱與過濾，仍然是汩汩清亮的自來水。

最怕自己被客觀因素所左右，自己放棄了理想，放棄了奮鬥目標，向慾望低頭，向燈紅酒綠的社會低頭。

一個人生下來並沒銜有偉大的使命，因為我們是人，所以我們活著必須像個人，為聖、為賢、為不肖，全由自己作主。

就是因為沒有使命，所以我們有權選擇，有權作決定，但在選擇決定的俄頃，想想父母生我育我，想想生命得來不易，怎麼也不甘心讓短短數十寒暑，白白糟蹋在自己手裏，既不願糟蹋，我們就該為自己設定一項目標，時時刻刻懷著珍惜的心情，專一不貳地朝著目標走，最後總會獲得理想的成果。

假如你以得來不易的生命朝慾望路上投資。慾望是種縱之可瀰六合，卷之可藏於密的怪東西，假如我們縱容它、寵信它，結果，一切失敗的因子就此播了種，最後，我們並沒與敵人真正交鋒，自己卻被自己打敗了。

不要放任自己

人人都有惰性。有人一生錦鏽的前程被惰性蛀蝕得千孔百瘡；有人天生不作惰性的奴隸，排斥惰性、抗拒惰性，最後征服惰性，他作了自己的主人。

本來，自己就是自己的主人。意志薄弱，易受誘惑的人，偏偏讓社會風習和惡性佔據自己，而作了自己的主人。

自己當家作主，在奮鬥過程中，要比別人付出更多的努力和汗水，但越過那段辛苦歷程後，他轉化了自己，也創造了自己，結果，他比那些被社會風習作主的人有成就、有收穫。

他走過人群，人群給他掌聲；他走向社會，社會給他讚許。自掌聲和讚許中，可見社會雖多藏垢納污，但認同辛勤奮鬥而終於有成的人，仍佔絕大多數。

走過補習班和電動玩具店共生的南陽街，我看見許多自己當家作主的莘莘學子，也看到在玩具店流連忘返的青年學生，前者把自己的理想一步步經營實踐，後者把父母的血汗錢一塊塊餵了電動玩具。勤逸之中，目前暫且看不出彼此高下，十年二十年後自然見出各人的豐歉優劣。

臺北縣長尤清，曾幫助一位老人進遊民收容所，因為他年輕時為娶細姨而棄妻兒不顧，妻子噙著眼淚把兒女教養成人，當細姨棄他而去時，他居然想回家。結果，妻子拒絕他進門。

一個不曾為家庭兒女付出的人，那有權利坐享妻子血淚培育的成果。流落街頭，挨凍受餓，怪誰？對家庭如此，對國家社會也如此，對自己的事業前程也是如此。先耕耘後收穫，有付出必有獲益。不經一番寒徹骨，那得梅花撲鼻香。拿寒梅與人生奮鬥比，景況大體相同。

放任自己，當時可以歡樂；勉強自己，當時必然愁心，若干歲月後，就能看出放任與勉強的後果。讀書和革除惡習必須篤實踐履去做，一旦放任，就如脫韁野馬，勢必無法駕馭。強而為之，習慣也就成為自然，自自然然的事，只有快樂不會有痛苦。

自己心智能力能夠做到的事，咬咬牙就做到了，為什麼要放任自己，讓自己在社會習染和惡德中沉淪呢？

挾泰山以過北海是難事，反掌折枝則是易事，自己容易做到的事，為什麼讓惰性放任而貽誤自己，禍害自己？

早點回家

臺北的熱鬧地區已由西門圓環轉移到東區，東區人物薈萃，商業繁華；年輕人追求情調，追求閒適，一窩蜂往東區跑，尤其是華燈初上時分，大街小巷，盡是人潮洶湧，百貨商場、餐館、電動玩具店，幾乎是座無虛席，可見盛衰由人，家庭如此、社會如此，國家也如此。

看到東區那種情景，我一方面高興臺灣真是一處富裕寶島，人民購買力強，懂得工作，也懂得享受。另方面我又惋惜許多溫暖的家園，此刻卻是門庭寂寥，只留得倚門倚閭的父母，枯坐在電視機前眼巴巴等著兒女疲憊歸來。復又感嘆人生苦短，那些慣於享受夜生活的人，怎有這許多時間支用？

就一個上班族而言，忙了一天，晚上找處消閒所在放縱一下自己，原本無可厚非。若是一位正在為學業、事業紮根基的青年，也把大好歲月浪費在那些不緊要的吃喝玩樂上，那便有些捨本逐末了。

看看今日政、經、商、教各界，凡是為國家社會挑重擔走遠路的人，他們年輕時會玩也會讀書，一陣快意的放縱後，立刻收下心在灼亮的燈光下充實自己，可見——要怎麼收穫，先要怎麼栽。

萬丈高樓平地起，豐盈圓熟的生命，必須在年輕時淬鍊充實。

家的溫暖，不是任何地方能代替，家中熒熒的燈火，也非任何娛樂場所煌麗的燈光所能取代。家的燈光雖弱，父母的嘮叨又多，但那兒是愛的泉源，溫暖的發祥地。

點亮燈，展開卷。書裏沒有美女的媚行秋波，餐館的餚香酒熱，年輕人的喧嘩熱情，但卻有豐盈生命的滋養，由荊棘步向坦途的階梯。

知識不能代表權威，卻是一種力量；知識不能保證自己未來事業的成功，卻是自己成熟穩定的基石，開創事業的起步。任何事通過知識上的辨別和分析，便能懂得如何取捨從違。

不要鄙視一點點、吸收一點點，學識、能力、事業都是自一點點積來。一個懶回家、怕回家、不愛回家的人，不愛剔亮自己書桌上的燈光琢磨自己，生命永遠是粗坯，只有在家的溫馨浸浴中，自書籍中吸收芬芳才能亮麗自己。

早點回家，早點剔亮燈光磨礪自己，成功就從這兒開始。

走出陰影

人在痛苦中成長，便會痛苦；在快樂中成長，便會快樂。

在人生道路上，在自然環境裏，本沒有痛苦和快樂這些東西，痛苦與快樂，全由自己心靈去營造。你把人生營造成快樂的天堂，就是天堂；把人生假設為痛苦的深淵，便是深淵。

人類社會和大自然環境，大體上和諧而融洽；往深一層看，當然可以發現搏殺和鬥爭，如以健康的心靈看人生社會和大自然環境，生命充滿了奇妙和喜悅。大自然中，綠的山，碧的水，悠悠白雲，葱葱的森林和花草，樣樣配置得自然而妙造，那一處不是和諧而快樂？如果以異常的心靈去觀察宇宙和人生，便會獲得異常的結果。

十五年前，我有一段相當痛苦的時間，那時候，我懷疑自己患了癌症，到處求醫，每一位醫生的看法都不相同，更加深了我的疑慮，於是，我替自己寫遺書，為妻子兒女的生活做安排，我無法讀書和寫作，把自己整個埋在痛苦的漩渦裏。

有一天，我走向郊外，我發現天空依然蔚藍，陽光依然亮麗，流水琮琤，山色葱秀，並不因為我心靈上的末日而改變他們的形貌。不是他們無情，而是自然環境原就為人類營造了和諧與寧靜，讓人們充滿快樂。自己卻為自己製造困擾，抗拒快樂。於是，我悟到——即使下一分鐘會死亡，一分鐘前我依然要保有快樂。驅除心靈的魔影後，我居然快樂而奮發地活到今日。

俗話說：「疑心生暗鬼」，只因為我們自己缺少自信，缺少樂觀奮鬥的心境，所以，我們老感到頭頂上是滿天陰霾，眼面前是灰黯不開的前景。

我們與人相處，總是擺著一副嚴肅的臉譜，叫人感到冷漠而嚴峻，倘若我們豁達一點，樂觀一點，誠懇一點，讓快樂自心靈浮到臉上，笑一笑，樂一樂，我們會發現自己並非在踽踽而行，週遭仍有許多朋友與我們攜手共進。

灰心、消沈、頹廢，自己把自己營造得緊張而灰黯，問題並不會得到解決。若是換一種快樂的心境去處理，暫時移開心靈上的重壓，我們會發現問題畢竟可以解決，明日並不是世界末日。

魔由心造，生命的陰影都是由於自家心靈在作祟，只有走出自己心靈的陰影，我們才能與和諧的大自然共鳴；與別人聲息相通，情感交融。活著，為什麼不快樂而坦蕩？

敢背歷史擢髮罪

中華民國是支歷史意識強烈的民族，左史記言，右史記事，先人對史籍的重要性早有確切的認識；官史是中華史的主流，民間對史書著述，也是興趣濃烈，凡事追源溯本，務盡翔實，繩繩不絕，卷帙浩繁。官史涉及政治立場，往往多有顧忌，載大遺小，避重就輕，史官不敢秉筆直書，暴露其短：尤其涉及政治恩怨，或宮闈鬪爭，深恐文字賈禍，只有一筆輕輕帶過，使後人讀史，難得其詳，得失謬誤，亦難究其底蘊。稗官野史，雖然可以暢所欲言，無所忌諱，由於觀點和立場不同，不能統觀全局，對史事評判，人物臧否，亦難確保主客觀的平衡性；縱然是曾親身參與，常因好惡不同，親疏有別，或褒或貶，筆端很難把握得恰到好處，史事脈理不實，真貌自然難免有偏差。好在正史之失，正為野史之得，互為補益，調節闕漏，參酌閱讀，仍然可以探得當時事件的因果關係和演變實貌。

由於這分濃重的歷史意識，薰陶出國人強烈的歷史責任感，無論政教商農……凡是一位真正的中國人，立身行事，無不時時刻刻考慮到上要對得起列祖列宗，下要對得起千百代兒孫，這分對歷史負責的人生態度，培養出中國人正正當當的行為準則，慷慷慨慨的犧牲精神，暗室無虧的光明磊落人格表現。

對國家民族如此，對家庭社會亦如此，即便是男女婚嫁，也要追溯兩族史源，史不正而根不固者，即視為門戶不當而往往作罷。

祖宗官高位顯，功隆勛著，兒孫無不沾沾自得，引以為榮；若是兒孫不肖，作奸犯科，父母家人咸都引以為羞，此無他，前者可以光耀門楣，後人在歷史的光環裏活得光彩；後者則怕辱沒門風，玷污了清白歷史。

一條浩浩蕩蕩的歷史源流，會使我們活得光榮而驕傲，正大而尊嚴；若是歷史短淺，自己總覺無所本源，進趨行止之間，常失祖宗家法，沒有歷史憑依。所以，一部中華五千年史，是我們的財產，也是我們的驕傲，是我們的本源，也是我們的智慧皇冠。

我們今日的作為，不僅要對自己負責，更要對歷史負責；我們在為自己寫歷史，更在為兒孫創造光榮。

很奇怪的事是有些不肖分子，居然不認同這部歷史，不願作炎黃後裔，行為囂張，言論怪誕，令人遺憾究竟是什麼冤孽出了這種不肖子孫？

中華大一統一向是歷史的必然歸趨，旁支餘嶺，無不百山朝嶽，萬流歸宗，最後定於一尊。凡是反歷史毀歷史者，無不在歷史的正視下毀滅，企圖在歷史巨神下割裂國土，自創歷史，除了看出他的無知外，更證明他的無恥。當我們為歷史作見證時，我們應該要有歷史責任感，為歷史劃除罪人；我們更要有信心，中華五千年史裏，沒有誰敢背叛歷史而不成為歷史罪人的事。

甘作化石類

尹雪曼先生在榮光周刊寫過一篇「我豈化石哉」的文章，文內引述日本年輕人把世界人類分做「新人類」「舊人類」和「化石人類」三種。

尹先生指出「新人類」的特徵是「只顧享樂，不願奉獻；只管今天，不管明天；只有自己，沒有別人；崇尚反叛，蔑視傳統。」「化石人類」則是「辛勤工作，生活節儉；重視後代，甘心奉獻；寬以待人，嚴以律己；食古不化，憚於改革。」「舊人類」則介於這二者之間。

日本年輕人在充分享受上一代的福澤後便產生了這種人生態度；我們與日本邇鄰而居，生活環境與經濟發展大體相同，我們這裏年輕人的生活態度也沒多大差異。

這三種人類如果讓我作選擇，即使我年輕只有二十歲，我也願作化石人類而不願作新人類。一個富裕幸福的社會環境，是經過前人多少努力付出才掙得的，沒有前人的勤苦耕耘，那有後人的安康享受。

前總統經國先生曾說：「我們做人要手背朝上，不要手背朝下。」手背朝上是付出和奉獻，手背朝下則是承受和接納。

只知享受，不願奉獻，只管今日，不顧將來，這是寄生蟲的人生。山窮水盡之後，遲早要窮餓而死。曾文正公曾說：「有福不可享盡，有勢不可使盡。」又說：「自儉入奢，易於下水；由奢入儉，難於登天。」防微杜漸，預估未來，凡事留個有餘不盡的意味，才是人生的最高境界。

前人種樹，我們今日才可納涼；我們今日種樹，異日後人才能遮蔭。倘若我們支完了祖先的餘蔭德澤還嫌不足，更要預支兒孫的幸福，這是一種吃光用光喝光的浮薄人生態度，我們留給兒孫的是什麼？這種人，有不足喜，缺不為憾。

慾望像是深峪巨壑，永遠填不滿。生活享受也沒一定的標準，多一分享受並不豐盈，少一分享受也不歉嗇。為明天想，為後代想，這是一分責任，也是一分道義。做人要把福澤化作細水長流，源源不絕；不要像是山洪暴發，傾瀉而下，造成災害。

希望年輕人效法化石人類的人生態度，革除「食古不化，憚於改革」的弊病。更希望抱持化石人類人生態度的人愈來愈多，我們國家社會才有希望，國力也會愈積愈厚。

除惡務盡

吃喝嫖賭，人都鄙之為惡德。人不是神道仙佛，自然不能只靠幾炷香火供奉就能存在，即使是神佛，每逢生辰祭典，民間還不免要殺豬宰羊祭拜一番，賄賂他們的肚皮口腹，祈求降福消災；吃人家嘴軟，拿人家手短，神佛得了這番好處，姑不論能不能降福消災，若是有此能耐，在情不可卻之下，或多或少會暗中幫人逢凶化吉。人有生命，要延續生命，必須衣暖食飽，食飽就得吃喝，把吃喝視作惡德，未必盡然。這裏之所以斥為惡德，是指濫吃猛喝，以酒食為徵逐，造成身體健康，金錢精神的無窮損害而言。

養生之道，首重飲食；食不厭精，膾不厭細，是吃的藝術修養；若是為祭自家的五臟廟，山珍海味，水陸兼具，不惜花費巨資搜羅殆盡，那就未免是殺生戕仁，自私已極。吃喝當以活命為第一，養生為第二，不過也不及，得乎中庸之道，才是吃喝學問到家了。

至於嫖賭，不但是人類的一種惡德，其後果，常常是傷了自己的健康，也會毀了一個家庭的幸福，而且貽害了子孫。

男女情愛，能夠發乎情止乎禮固然是好事，但細察人性之私，絕對不可能發乎情止乎禮而後已，因為情愛背後還有一個慾字在蠢蠢欲動，動了情，得了愛，最後便想衝破禮法藩籬把對方全部俘虜過來。

古人為了防閒慾的氾濫造成社會人際關係的混亂不安，便把男女配對結為夫妻，讓慾有道正當宣洩途徑。無如慾這個魔障並不以夫婦的正當關係為滿足，牠要衝破阻撓，無視禮法，到處去找對等關係，於是，除了陳倉暗渡的偷情外，還多了一分色情媒介的賣買，有了賣買，便有一手交錢一手交貨的有恃無恐心理，反正賣買嘛！成交之後，立刻付錢提貨，交易之後，各自東西，不須負責，了無牽掛。無奈這項眾生平等的交易行為，卻帶來人生的無限痛苦，梅毒淋病之外，又多了一種疱疹和愛死病。愛是一種神聖不可侵犯的事，從慾出發的愛，愛得死去活來，方便了慾念，傷害了生命，最後只有「人在花下死，作鬼也風流」。

賭博是個陷阱，跌下身去一生一世爬不出來。俗話說：「賭博場中無朋友」，揆諸實情，原是如此，因為這裏面牽涉一個金錢的輸贏關係在。人人都曉得「喝酒的朋友愈喝愈厚，賭博的友情愈賭愈薄」這層道理，就是跳不脫賭博的誘惑牢籠。幾位酒友一塊，誰都怕對方吃虧，猛替對方盅裏注酒。賭博朋友卻不然，只要上了賭桌，便會各懷鬼胎，想盡點子要自對方荷包挖出鈔票來，即使是八拜之交，金蘭之義，也會在賭桌計較上變得一文不值。

吃一點，喝一點，終久有個限度，就算嫖吧！人的精力有限，只要不十分著迷，一旦憬悟及時而退，要沒沾染上性病，其傷害也有一個限度。只有賭，卻是一個無底洞，賭贏了，歡天喜地，把錢不當錢花，賭輸了要翻本，若是手氣不好，一輸再輸，那就會翻本翻到底，最後非到傾家蕩產，家破人亡而後止。

人心險惡，如同暗漩惡渦，你不涉足賭場，尚且有人百般計誘你走入陷阱，醇酒美色，奉承諂媚，讓你在百般陶醉和自我膨脹下沉淪下去。一旦涉足其中，你想及時抽足，全身而退，卻非如此容易，賭場郎中會聯手榨盡你最後一滴油，才會還你自由之身，那時候，你已一無所有，一文不值，而無絲毫剩餘價值了。

聽過許多富商的公司房地產因為賭博而一夜易主的事，偏偏有人愛好此道不克自拔，明明知道賭害匪淺，由於行險僥倖心理，總要賭到最後結局才甘心。

聰明人安分守己，明哲保身，把人世間的是是非非全看作是場賭局，退到高處，看個明白，絕不沾到賭邊，免得捲入漩渦而滅頂自沉。樂得四味小菜，三盃淡酒，吃一點，喝一點，吃得不鮮血淋漓，喝得不爛醉如泥，在品味小酌中，尋覓一分快樂和滿足，看清人世盛衰，勘破得失榮辱，總比做個風流鬼或賭鬼來得愜意些。

你不可以放棄

不管你喜不喜歡這地方？愛不愛這群人？同不同意別人的意見？但你不能自外於人，因為你生在這兒，長在這兒，必須與這群人生活在一起，注定要聽到別人反對或贊同的意見，你原是這社會構成的一份子。

愛鄉愛土原是人的天性，愛國家愛民族，也是人的情感自然流露，沒有勉強，不用激發，自然而然如此。

既然我們天性裏原就有這分愛，即使你厭惡這地方，你不願與這些人相處，你不能接受別人的看法和想法，我們絕對沒有放棄的權利，而且有責任有義務使我們的生活環境變得更好，影響別人向好的地方去做去想。

我們今天擁有這塊樂土賴以存活，那是我們一代代祖先流血流汗一鋤一鍬掙來的；博厚的文化，悠久的歷史，也是祖宗先人錙積銖累才有今日。崇功報德，我們應該感謝祖先的恩澤綿長。沒有祖先的勤苦耕耘，我們今日則一無所有，貧乏淺薄，跟非洲土著沒有不同。假如我們放棄，我們將以什麼留給兒孫？

世界在變，任何地方任何時間都在變，只是有些是突變，有些是漸變，有些是量變，有些變的現象明顯，叫人一目了然；有些變漸進而微小，叫人無法察覺。在這處處變時時變的環境中我們不能再抱著以不變應萬變的態度來處理變數。變不一定是進步，變得好是進步；變不好，往往便成動亂。在這變的過程中，我們應該接受變的事實，參與變的活動，盡一分心力，盡一分責任，把不好的變遷引向好的變化，讓變成為國家社會進步的動力。

一般人都有不滿現狀的心理，不滿現狀是基於對國家社會期望過高的熱情所產生，當現狀不符自己理想，甚至背離自己的理想時，我們由希望而失望，由怨懟而憤懣，如果不能省悟「不問國家給了我什麼？應該問自己對國家奉獻了什麼」時，最後終於把一切責任全推給國家社會。事實上，無論古今中外，那一處地方，那一個時代，全都十全十美？既沒有十全十美的地方和時代，我們也就不必失望和怨艾。國家社會的理想，每一個人都有責任。

瑞士是處風景秀麗，人人嚮往的世外桃源；美國富甲天下，自由民主制度十分完善；加拿大地廣人稀，風光旖旎；澳洲、紐西蘭安定和平，沒有動亂……無如那是別人的國家，異族的國土，你可以移民分享別人的成果，但你無法在那兒紮根，永遠是客居異鄉；你逃避了國內的不安和變動，你永遠逃不了民族血緣情感的牽繫，和黃皮膚黑眼睛的既成事實。

朝前看，一切充滿希望，只要有希望，我們就能實踐理想；可惜我們富裕的生活環境，使多少人放棄了理想，變得急功近利，短視淺薄，擁有優裕的生活環境，失卻了靈性和文化修養，獲致了感官的滿足，少卻人性的激發，對自己的利益禍福格外關切，對社會和別人少掉一分同情和關懷。結果，我們變得粗俗鄙陋，退化到人性少獸性蠢蠢然而動。

這是社會變遷的自然現象，也是我們自己少卻一分自省和自我堅持的結果，假如我們凡事不袖手旁觀，積極參與，堅持理想，堅持原則，我們便能既可享有經濟富裕後的生活，又能提昇自己的文化層面，成為承傳文化開創文化的中堅。

我們生生世世都是中國人，我們即使不能像范文正公那樣具有「先憂後樂」的胸襟和擔當，至少我們不能放棄，國家社會好的壞的，變的不變的，我們都要承擔，有責任有義務與善合流，把國家社會變得更好更有理想。

假如你放棄，讓誰來負起歷史使命？

得失之間

人生不是享樂，也非全然吃苦。

我們要正確運用一生歲月，發揮生命力量，造福人羣，貢獻國家；更要懂得培養生活情趣，適當的從忙碌生活中走向大自然去調劑身心。假如只知工作不懂生活情趣，這正像彎弓射鵰，久不發箭，弦必疲軟失去彈性，久則必折。倘若只知沉緬享受，不知在工作中發揮生命潛能，放縱邪侈的結果，此種生命，無益於國家社會，會令人覺得生活無趣，生命無價。

今天社會上最吃香的職業是醫師，他們有地位，有豐厚的收入，要是更有一顆仁慈的心，更是萬家生佛，人人禮讚。但是醫師也有醫師的痛苦，第一是沒有個人的休閒生活；其次，今天國民知識水準提高，做人也失去一分厚道，漸漸趨於刁頑，稍有醫療過失，便訴之於法。醫師是人，他的能力只是在可能範圍之內救人，超過了他的能力，上帝尚且無法，一位醫生怎麼可能呢？真的，有張醫師執照，確實獲得許多好處，收入豐厚，生活享受應有盡有，但其結果，往往也失卻許多生活樂趣。而且，常有兩種現象產生。

一、是生意忙碌，自早至晚，診療司藥，連從從容容吃餐飯的時間都沒有，錢是真的賺了，到最後，有了金錢洋房和汽車，偶然想起自己的年齡都已邁過七十大關，吃沒吃好，睡未睡甜，生命樂趣是何種滋味都不曾領悟，子肖孫賢，尚可寬慰；倘若子孫不肖，成天吃喝嫖賭，將父祖辛苦掙來的錢像淌水般花個不完，辛苦的結果，就是如此而已，生命樂趣有何可言？俗話說：「三十年風水輪流轉」，不肖兒孫比比皆是，這種事例不是沒有，平常多做些卹孤濟貧的事，收費稍為寬鬆一點，多積一分德，供作兒孫福田祿地，可保長年康泰。

其次，是生意蕭條，成天守住店面等候病人上門，一天收入僅堪三餐溫飽，放棄了可惜，另求發展，苦於本身條件不足，如此苦苦煎熬到白髮蒼蒼，齒牙動搖，猛一醒悟，人已過了七十大關，去日不少，來自無多，此生已經休矣！

人生有多方面的樂趣，得與失不能等量齊觀，苦與樂原為一體的兩面，而且是相對，而非絕對，所以，我們用不著自己陷溺自己，凡事能夠抱持達觀看法，看得開，看得淡，則事事可樂，條條大路均可通羅馬，也就不會為得失而自苦。心境自如秋空朗夜，無塵無雲，別有一番澄明境界。

一個人必須具有一分哲學修養，才能心懷坦蕩，走得進去，闖得出來，無事而不自得，無處而不自樂。人生苦短，想通達一點，一切死結都可以解開。俗話說：「提得起，放得下，」想開了，得失間，原沒我們想像中嚴重。

豈能不憂

人活在希望裏，總比活在絕望中好，即使這個希望只是一個泡影或是自己編織的一個夢，有了希望就有活下去的勇氣和力量。

二、三十年前，物質生活苦，多數人靠微薄的薪水養活一家大小，缺這少那，但在內心裏，總覺得活著就像尋覓寶藏，信心十足地認定，總有一天會掘得寶來。

二十年後的今天，我們的希望並沒破滅，內裏卻增添了許多困惑，這些困惑日夜糾纏著我，使我憂懼，使我不安。

記得我們父祖那個年代，男耕女織，各安生業，生活照樣苦，卻是苦得樂天守道；逢年過節或拜拜，殺隻雞買幾斤豬肉，一家大小便吃得嘻笑顏開。人情來往，送分土產，贈盒餅乾，主客之間皆大歡喜。大家融融樂樂相處，人情味特別濃郁。即使是都市社會，人際關係複雜，鈎心鬥角的事在所難免，但爭利之際仍以義字為先。攘利而不忘義，說明人心不死，天道仍在。

今日，天地山川不曾變，農漁畜牧之業也沒變；人心卻變了，世風也變了。人與人相處，變得冷酷淡漠。婚喪弔慶雖然高朋滿堂，酒席聯歡，若是揭開人情表面實有一分沉重的壓力。說穿了，面子攸關，不得不爾。人我之間，平日見面打招呼，尚能保持相安無事，一旦利害交關，立刻翻臉不認人，骨肉親情也好，朋友之義也好，夫婦之情也好，全被利字淹沒了。

對！世局在變，我們社會也跟著世界脈搏在變，變，自然是同中有異，令我困惑不解的是今日的我們，與古人四肢百骸全然相同，為什麼一旦利害衝突便模糊了義利之辨？人情薄了？人性也失了？

我反反覆覆的想，工商業社會講效率、重利害，時間就是金錢，一個個熙來攘往，全在追逐一個利字，當然沒有農業社會純樸而且人情味淳厚。再說，西方功利主義思想，點點滴滴滲進了我們文化和生活方式裏，個人權利重於一切。權利與義務本來絕對相等，享受了權利就必須克盡義務，猶如講民主必須重法治一樣。可惜我們只學習西方文化的一半，人人爭權利不盡義務，事事講民主，自己卻要逞特權而不守法，在這種畸形發展中，一切都搞混亂了。

達爾文「弱肉強食，適者生存」的學理，本是觀察非洲大陸野生動物生存競爭所得的結論。今日，我們社會甚至全世界的人類活動，都凸顯了這項學理——民「拳」就是力量，力量就是真理。

文化是一個民族整體生活的表現，什麼樣的文化培養什麼樣的國民。今日的中華文化原就是數千年前的中華文化，為什麼古人重操守講氣節，義利之辨清楚，人情味濃郁……今天國人卻都丟棄了這些優良德性？

是不是中華文化生病了？

孔子曰：「政者正也，子帥以正，孰敢不正？」又說：「君子之德風，小人之德草，草上之風，必偃。」

政風社風的良窳？原自上層領導好壞開始。這個上層，不是單指政府機構，而是包括政府官吏、民意代表、工商界領導人物……等等，大家競向清流，社會自然清流，大家唯利是圖，民眾那有不攘利惟恐不前，奪權惟恐失後的呢？

常常看到一些表彰社會成功人物的頒獎典禮，卻少看到因為品德高、操守好等清流人物獲得褒揚。激濁揚清，應該是拯救人心陷溺方法之一。若是政府機構、傳播單位、民間團體，一窩蜂把掌聲鼓給在金錢專業上突出的人物，以及問政突出人士，根本不問他過去的操守言行是否一致，偏偏冷漠那些默默做學問，盡心辦教育、宏揚慈善事業、修補人性缺陷等等卑微人物，這就是「不帥以正」的做法，那怪人心世道不墮敗呢？

我問我自己：「是我病了？社會病了？還是中國文化病了？」

也許我是杞人憂天。我想，只要是個有心人，豈能不憂？

正面肯定與負面肯定

人人都會死，雖說「蓋棺才能論定」，大體上，一個人為正為邪？是好是壞？生前自己便為自己作了結論，毋需蓋棺而後作歸結。

我們常說：「是非自在人心」。一個人立身處世，不管文過飾非也好，強詞奪理也好，顛倒黑白也好，言善行惡也好，大眾人心是面鏡子，嘴裏不說，鏡子裏卻能映照出人的狐狼鼠蛇嘴臉。

人生歲月，最長不過百年，短則數十寒暑，除卻童騃老邁頭尾兩端和吃喝拉撒睡的時間外，可以使用的歲月仍然有限，把短短有用的歲月用在閑邪無益的事情上，那是一種浪費；因之，許多上智之士，特別珍惜生命，珍惜歲月，務要把自己得來不易的生命作無限際的發揮，希望造福社會、造福人群，有錢出錢，有力出力；雖然他的生命最後也歸澌滅，但是他的生命價值在大眾人心這面鏡子裏，卻是光耀閃爍、恒久煌麗。

正因為有這等樂於奉獻的人，所以，我們人世間才有愛有情，有溫暖，有正義，彰顯出是非，凸現了善惡。

有些人卻不如此想如此做，他自私、攘奪，反傳統、反社會、反大眾人心……凡是與他個人利益有損的他都反對，利字當頭，名字掛帥。他不問自己為別人做了什麼？他只要求別人多給他一些什麼？所求不遂，所得不豐，立刻誣衊謾罵，損毀破壞，無所不用其極。人間多了這股反動力量，這泓邪惡逆流，常常造成社會的擾攘不安，是非失去一定準繩。這種自己不耕種的掠奪者，卻蠻橫地掠奪他人勤苦耕出的果實。悖情逆理，天道不容。他們也有五官四肢，因為那幾希的人性走火入魔，觀念看法似是而非，倒黑為白，導致行為上的怪誕狂悖，為社會人群帶來無邊禍害。

歷史或許可以改寫，但誰能一手遮天？正史即使改寫了，稗宮野史仍然論定正者為正，邪者為邪，是者為是，非者為非。世道人心清清楚楚論斷一個人的好壞善惡。

最後，所有的生命都會終結，為人群社會作了正面奉獻的人，他所獲得的肯定也是正面的；只管伸出雙手掠奪而不曾為歷史社會……出汗出力的人，他所獲得的肯定必然是負面的。

大家耕種的時候他袖手旁觀；大家苦難的時候，他在國外悠遊自在，安逸自適；等作物豐熟時，他卻大搖大擺來收穫。世間那有這等便宜事可撿？

我們社會為什麼多了這一群只伸手索取而不願意自己付出的人呢？

人心是面鏡子，某些人在某些負面團體裏也許獲得肯定，但歷史和人心是一具公正的天秤，分量輕重？必然會作負面肯定。

芸芸眾生中，你與我都走不進歷史的長流裏，生命湮滅了，生命的浪花也歸湮滅。雖然我走不進歷史的長卷裏，我堅決要求我自己在親朋戚友中獲得正面肯定。

音樂家鄧昌國死後不久，一位老年下水的政治人物也從這人間消失。這位先生前半生沒有什麼爭議的地方，只是最近幾年晚節不保成了他人的應聲蟲；等於孀婦從姦，一生清白付諸東流；比之把幾十年黃金歲月奉獻給國內音樂教育的鄧昌國先生，正面肯定抑為負面肯定？明眼人一望便知，毋需為他作論定了。

愚者言

不歡迎它來，它會來；不送它走，它會走；時間就是這樣一種像流水行雲的東西，行踪飄忽，不受任何拘束。

送走了冬天，迎來了春天，新歲伊始，大家心頭都有一分新希望、新計劃。

春為一歲之始，也是萬物萌動的季節。春暖花開，蝶舞蜂翔，單是這份景色，就叫人無法不胸懷大開，想歌想笑。時序可以左右一個人的心情，天候也可以左右一個人的心情，懷有一分好心情去工作，自然可以事半功倍。若是愁眉苦臉，心上壓著一塊千鈞重石，沉甸甸叫人直不起腰，展不開眉，做事情，過日子，全是一種苦刑，那還能有好成果？

人是一種會思慮會感觸的動物，正因為會思慮，所以才有上進心；會感觸，才有心情的好與壞。好心情像春夏天候，和暖而朗麗，壞心情則像秋冬季，肅殺而寒冽。心頭上懷著這兩種不同情緒面對人生和工作，當然有時是音符洋溢，有時不免愁緒滿懷啦——！

外在世界的事事物物，固然可以映照到人的心境，影響心情好壞。但心情怡暢或沉悶，也可反應到人生態度和工作成效上。大抵是思想決定行為，行為決定成敗。如果腦子裏原有一個主宰，原已決定如此做去，思想像羅盤，定力像雙槳，方向準確，目標不變，自然外界的紛亂擾攘，應該對自己發生不了太大的影響作用。

戰亂、飢餓、天災，一直不曾在人世間停止過，有人說這是人口的自然調節，讓膨脹的人口在這些災劫中保持平衡。人既聰明又愚蠢，本可用其他更合理的科學方法解決糧食問題，使人口不致產生壓力，偏偏人類自己耽於性愛享樂，結果樂極生悲，發生人口暴增的副作用，人口增多，糧食缺乏，反而給梟雄獍傑製造了政治舞台，他們導演戰爭，製造戰爭，倡一個響亮的口號，虛設一個偉大的目標，藉著眾人的力量，達到他們滿足權力慾望的目的，連帶減少部分人口壓力。殺、殺、殺，殺得血流漂杵，骨嶽血淵，那趕得上人類最愛製造人口的熱勁。自己為自己製造痛苦和問題，問題一直糾葛膠擾到現在依然不得解決。

假如大家不分種族，不論膚色，不問國別和疆域，不自私、不自大，好好坐下來研討問題，解決問題，互通有無，調節供需，不是許多問題都可在開誠佈公中解決了嗎？為什麼人類偏偏要自己為自己製造許多問題呢？

古語說：「天無私覆，地無私載。」這是我們中國人的看法。有人不服氣，認為我們把天地抬舉得太仁慈了。天地果真如此仁慈嗎？為什麼有的地方貧瘠？有的地方荒寒？有些地方溫暖如春，風調雨順？有些地方長年乾旱，寸草不生，六畜不繁呢？可見道理並非絕對，十隻手指尚且長短不一，豈能沒有偏私？不過，天地無心，依然有它分多潤寡，以有餘補不足的道理在，它用神奇的手法，搬弄人世間的苦樂禍福，缺這個，補足那個；多那個，便減掉這個，讓大家都能勉勉強強活下去。看它無理，卻真是天理昭彰，豪釐不爽。

倒是我們人類心眼小，器量窄，時時存著一種與人計較的心腸，比這比那，爭這爭那，到最後，大家紅眼金睛，便不得不兵戎相見了。

送走了寒冬，迎來了新春。春夏秋冬是種自然節序，年年來，年年走，四時變化，各有不同風貌，萬物便在它的化育中以生以長，以枯以息。假如我們大家保有一顆春天的心，給別人太陽，給別人溫暖，給別人春雨，給別人春風，笑一笑，歌一歌，多握手，少揮拳，大地生春草，人間多祥和，人世間應該泯除了多少深仇大恨，社會應該多和諧多溫馨，誰還會想千方百計遁入林泉與紛擾的社會隔絕呢？

因果

佛家倡因果報應說。種善因，得善果；種惡因，得惡果。其實，凡百事物都有它的因果關係，事起為因，事終為果；撒麥種，收麥實；種稗子，得稗實；這全是因果。

任何學說理論，都是先有事實存在，然後自事實中抽繹精華供人作原則性的遵循，這就形成理論。因果說，也是先看到因與果的事實，然後才告訴芸芸眾生因與果的必然關係。

因與果在理論上本來是自然而必然的事，但在實質上並不一定有因就必然有果。比如把麥粒撒在沙磧上，這是因；由於缺乏相關條件的佐護，結果麥粒並未發芽結實，最後自然沒有果。佛家除了強調因與果的必然性外，還加上報應之說，期使芸芸眾生人人心知戒懼惕勵，向善為善，減少社會的罪惡。無如昭昭在上的神靈，並不尊尊聰明正直，靈覺無昧，讓仰望他主持正義的凡夫俗子，為善有善報，作惡有惡報。試看自古至今的社會人生，許多人種惡因卻得善果，種善因反而得惡果，徒令多少善心人士沮喪。佛家為了解決這個問題，便把時間延伸到幾代以後，祖宗種惡因或善因，數代之後，兒孫便收惡果或善果，毫釐不爽，一點也不馬虎。

一樁事情的推行，能不能遠矚到實施後的結果和影響？先知先覺必能以洞澈無蔽的智慧，評估得失，排除障礙，減少錯誤，以利用厚生造福全民為歸趨，結果他種好因得好果。多數人智不及此，明明看到客觀環境的阻力和十分可能發生的惡局，偏要自以為是，剛愎自用，在實踐中錯誤百出，弊端叢生，自認是替蒼生謀福，動機在種善因，卻教無辜的千萬百姓替他收惡果。

愚蠢和剛愎是古今中外無辜百姓受禍代罪的根源。

任何宗教都是勸人為善，可惜宗教也有它的壟斷、偏狹和排他性。凡是將種族、地域、經濟和政治理念等因素摻入後，便產生了利害關係，利害形成宗教狂熱，失去了溫和、包容和純淨的德性，人性原本那點良善也消失了。野心份子便利用這分宗教狂熱，殘殺異己，好勇鬥狠，達到他的政治目的。人性原本在可以為善可以為惡之間搖擺，偏狹的宗教觀鼓勵人為惡，人性便視惡為善。既然人人視作惡為積善，這種宗教便是惡的宗教。所謂因果報應在他們心裏起不了戒懼嚇阻作用。

政治家與政客的分別是政治家觀照全民利益和深遠影響，任何一項措施，都要排除相關障礙，慮及週邊錯綜複雜的因素和後果，利多則行，害多則止。政客則不然，他只看到局部，看不到全面，只看到眼前，看不到以後。結果，目前的利益等於殺雞取卵，雞死了，無雞啄食蟲蟻，蟲蟻蛀食森林，森林死亡，水土不能保持，造成旱潦頻至……各種禍害由是而生。而且以後無取卵的利益，不但禍及其身，而且禍延子孫。這都是因與果糾葛不清的關係。

當前世界性的環保問題正在熱烈推展。南極天空臭氧層稀薄形成空洞，使氣候較之數十年前反常，風雨失調，這只是冰山一角，已讓我們開始嚐到苦果的滋味。當工業發展之際，人人都為追求經濟利益而面笑心喜，誰曾想到數十百年後的今天就已出現了惡果呢？淡水河當年碧水長流的美景，一艇垂釣的畫面不再，這都是惡因造成的惡果。如果再不重視環保問題，任由工業廢水廢料潰爛地球的肌膚，我們後代將會沒有一處綠草碧水的生存環境。工業日益破壞乾淨美麗的自然環境，不僅鳥類棲息地被破壞被污染，野獸的自然樂園也已日益縮小，大地沒有吱喳的鳥聲，失去飛躍奔走的畫面，這地球減少許多生趣，寂滅無聊的環境，沒有天籟天景享受，我們種惡因，讓兒孫受惡果，於心何忍？

時時為下一代著想，是我們的本分和責任。我們減少一分嗜慾，兒孫便多一分福麻。最怕的是那些政治狂熱人士，既追求政治權力，又搞地皮炒作，建工業區，造住宅區，榨盡土地生機，一心把自己的妄想當試驗，把兩千萬同胞的安全和兒孫幸福當賭注，幸而無事，當然是人人馨香禱祝，若是不幸而令兒孫遭受無窮禍害，把自己的歡樂，支用兒孫的幸福，惡因由他種，惡果由大眾和後代收受，千古罪人，神靈不恕，若是尚有一分良知，半夜捫心，豈能恬然入夢？

大家都在寫劇本

演戲必須要有腳本，現在則稱之為劇本。所謂腳本，可能有兩種解釋：一為腳在人身之下，職司行走，必須踏實穩當，才能讓人不至顛躓；我們通常稱書的註釋叫註腳，意在註釋其義以求落實可靠。其次梨園行稱男女演員為男女腳色，腳色唱戲當然要有所本，這種教人演唱戲曲的本子，乃稱之為腳本。

戲劇演員在臺下是生旦淨丑，上得臺來便是帝王將相，一場人生富貴達窮，在戲裏只短短一、兩個小時便告結束，看罷戲後，總教人有許多感歎，人生如此，窮通否泰如此，豈不是跟一場戲劇相同。

戲劇把人生搬上舞臺，人生替戲劇寫作劇本，戲劇是人生的縮影，人生是戲劇的註腳，所以，許多人常常嘆稱：「人生如戲」。

把人生稱之為戲，應該沒有貶諷的意思。其深層意義則是告訴人們窮通否泰固然人人在意，但也不必過分熱中名利，忘了自我；一生能夠三餐無虞，眠榻無憂，何苦為名利遑遑不休，汲汲自苦呢？在人生途程只要不放棄人生責任，遇則大展抱負，造福生靈；不遇也毋須夤緣奔競，壞了本性，隳了清譽；更不必長臥醉鄉，與麴糵為伍，使酒罵座，慨歎懷才不遇。

人生原有許多可樂趣味，官宦途中，除了受人奉承，滿足洋洋自得虛榮心外，自己也得仰人鼻息，看人臉色。若是志在民富國強，多少委屈都有代價，歷史自有公論；若是旨在做官，無意造福生民，桎梏自家心性，那是人間至樂？而且宦途狹窄，人人擁向此一途程，你爭我奪，立刻見出人性的卑劣面。何不把志趣轉移到其他方面求發展，專心致志，必可開創自己生命的巔峯。反過來，退一步冷眼旁觀其他人物攘奪不休的怪行怪狀，更可給自己一番警惕。

不管是人生如戲，或是戲如人生，大抵這場戲文的劇本都是由自己撰寫，把一齣戲演得轟轟烈烈，賺人眼淚？或者溫馨纏綿，令人低迴嗟喟，久久不能忘懷？這分權利都操在自家手裏。自己有心把劇本寫好，人生便是一場好戲，若是自己存心把劇本寫壞，人生便多一齣壞戲。

戲有連本和散劇的區別，連本上演當然是氣勢不凡的大戲，散劇想必是墊時間的短戲。不管扮演什麼腳色，就得克盡職責演好這個腳色，這便算是敬業。如果不能把腳色的心境、言行舉止表達得淋漓盡致，演砸這個腳色，這就是遊戲人間，不曾正視生命的莊嚴意義。雖然把人生當演戲，算不得是一個好演員。

王永慶先生雖非富甲中外，卻也是事業輝煌，海峽兩岸都把他當作重量級人物看待，他的劇本是他自己寫的。蔡氏兄弟趁著國家經濟轉型法令不週延期間，洞燭機先，變無為有，創造國泰機構如此龐大的財富，劇本也是他們自己寫的。錢穆先生為學界泰斗。牟宗三先生是哲學宗師。星雲法師是佛界大老，創立佛光山道場，一生奔走海內外宏揚佛法，棲棲惶惶，不得寧日。他們的劇本都是自家寫的……看看這些人物的人生大戲，不得不由你鼓掌稱快。不過，任何人物的整本戲文還得看他對國家社會有了多少貢獻？對人群付出了多少愛心？貢獻多、造福厚，人人誇你演得一齣好戲；若是一生只為搜刮錢財，榨盡別人血膏，滾大自己家產，無益於社會人群，在世道人心裏便要唾罵千古，自己覺得演出成功，別人罵他是個爛演員。

販夫走卒、盜竊匪徒，都是自己在寫劇本。販夫走卒不為賤，因為他們對自己敬業，為別人做付出。至於盜竊匪徒，天生並沒定下他一定要扮演這個腳色，只是他自己把劇本寫壞了。

我們究該如何為自己寫出一個好劇本呢？讓人鼓掌？讓人唾罵？一切全在自己。

鐵經百煉始成鋼

人的情緒有好壞。情緒好時，藍天白雲綠水青山無不美，小雞小狗嬉戲逗玩無不樂。一旦情緒低沉，立感心情沮喪，見山不是山，見水不是水，人人可惡事事可厭，人世間簡直是處處荊棘遍地泥坑。

人生本就是條迢遙險巇路，有高有低，有平坦也有崎嶇，一路走來，總覺腿酸腳軟，好不費力。攀爬人生道路如此費力，活著實在是分艱苦負擔。倘若我們如此看人生，生命還有什麼樂趣可言？如果換個角度，放鬆心境，欣賞一番桃花盛開李花放的景色，連路邊野花也有幾分好姿色，諦聽一番鳥語鶯啼好音，讓心靈得番陶醉，得分力量，得分洗滌，你會發現人生是幅錦繡圖，還真趣味無窮。

每個人都希望自己一生一帆風順，能有這分際遇，當然值得歡欣鼓舞；不過，當你真的一帆風順時，且莫得意忘形，順境過去，往往逆境隨之而來。誰會站在高處叱吒風雲滿面光鮮一輩子呢？一個人處順境時，要能兢兢業業小心謹慎為好，話不可說滿，事不可做絕，因為禍為福之倚，坦泰處，稍一不慎便埋下了失敗的種子。凡事韜光養晦，慮及長遠，為自己留個退路，為別人留分餘地，多可趨吉避凶，化險為夷。多少突自雲端一跤跌至泥淖的例子，多得不勝枚舉，可以引作鑑戒。至於一旦處逆境，那也不是世界末日，正好痛加檢討，找出自己失敗的癥結，一改前非，繼續鼓勇前進；黑暗過去，自然便是黎明。

即使是自己毫無錯處，全因外力傾軋排擠和陷害，其實只要不身陷囹圄，我們何妨就此抽身，退出是非圈，冷眼旁觀圈內究竟是種什麼樣的追逐競爭風雲？看清透真相，那就更會冷卻一腔名利得失心。退而讀讀書，爬爬山，做些自己想做而一直無暇做的事，為自己在他處找分寄託和排遣。別人不愛我，高山流泉蒼樹翠竹不拒我，妻子兒女深愛我，我仍然擁有很多。沒有利害恩怨的日子，自由自在，無牽無掛，笑也由我，哭也由我，早睡晚起皆由我，豈非逍遙自在？

我平常最愛讀《菜根譚》和《曾文正公全集》。菜根譚富有禪味，站在高處冷眼看人生世相，把一切都看淡看透了。至於曾文正公全集，那是曾文正公一生自學問事功中歷練出來的人生哲理，尤其是家書部分，反覆叮嚀，雖屬家庭細事，卻是教兒孫進有遠景退有餘地的一門大學問。所以，他在同治年間，出將入相，功高無貳，自己既能全身而退，子孫亦能長保福祿，不曾遭遇走狗烹、良弓藏的命運，那不是偶然的事。

大抵做人多存幾分謙虛心較易得人好感，多估量一下自己斤兩比較心境平和。凡事躁進突出，總以為自己樣樣比人強，得意時不免忘形，失意時立即頹喪墮落，這種人最經不起考驗，也不會有大作為。鐵經百煉才成鋼，璞經細琢才成玉，成功立業，往往要累作試驗才能找到有為的路子。

做人應當有幾分韌性，韌性不是懦弱卑怯和屈服，韌性是進也積極，積極時不忘記時時照照鏡子，看看自己的嘴臉究竟是醜是惡還是可愛？退則無怨無尤，好好作番步履調整，蓄積力量再出發。

韌性自何而來？來自多讀書、多觀察、多體悟，多讀書是增廣識見，加強定力。多觀察是取別人成敗例子，當作自己鏡子。多體悟則是不高估自己也不低估別人，量力而行，自求多福。

嚴守分際

我的朋友一生不曾榮達，也沒創建輝煌事業，庸庸碌碌，始終為人作嫁。當年，權位可以為他膨脹自己時，所有縱橫關係單位，只要他一通電話就把事情辦得妥妥貼貼；那時節，他也不曾膨脹自己，凡事總是求爺爺拜奶奶請人鼎力相助。待他卸下權位，偶然有事託辦，由於一向不曾盛氣凌人，一張老面子猶在，辦事雖沒當年暢通無阻，遲遲早早仍然可以把事辦妥當。他很慶幸自己是個平凡人，平凡人始終滋生不了高高在上的驕矜心態，因之，他不管置身何時何地？永遠沒有門前車馬冷落稀的落寞感。

平凡的生命，蘊蓄他平易近人的處世態度，也落實他平凡人生的奧諦，更讓他獲致無風無浪不起不落的恬靜生活。

每當夜半，他常常問自己：「你來這人世一趟，究竟對自己開創了些什麼？對國家社會奉獻了什麼？」

他知道他沒有積極而正面的付出，卻有漫長一生歲月的奉獻；而且一生窮困，一生無聲無臭。惟一的優點就是「嚴守分際」。

嚴守分際，雖不是一種高德罕行，卻是很多人絕難做到的立身標準。

做人做事要能把分寸拿捏得恰到好處，不是一樁容易事；當人有權位時，要能在權力範圍之內發號司令，建立上下縱橫間的關係，大體上不會造成對人對己的傷害。最怕是「一朝權在手，便把令亂行」，而且是行使超過自己權力範圍之內的令，這分傷害雖然是受令的對方，實際上一旦失去權位，便會有人作秋後算賬，自己早就受到了傷害。

這是踰越分際的現象之一。

另一種是膨脹自己的權力，甚者假借上級的權力而循一己之私，假公濟私，為自己大開方便之門，這不僅是種濫權行為，更是一種狂妄的僭權作法。

嚴守分際就是做自己權力範圍以內的事，不踰越分寸，不僭權循私，不狐假虎威，擴張權力。做事不分分內分外，只要能力所及，立刻勇於擔當，絕不推諉。至於涉及個人權益時，則當謹守分際，取予合法，不可曲情枉法，越分迴護。

美國總統甘迺迪有句名言說：「權力使人腐化，絕對的權力使人絕對腐化。」可見權力過度使用就是病根腐媒。如果拿權力為國家社會謀福，權力原是一道方便之門。若是拿權力為自己身家或親朋戚友撈取錢財，飽逞私慾；甚至蠹國害民，戕害國家社會，那就是一種盜權濫權惡行，心術不正，罪不可逭。

今日，這種不守分際而且踰越分際的人，幾乎觸目皆是，公職人員、民意代表、工商業人士、財經鉅子、市井小民，上行下效、個個老大。這其中良莠不齊，薰蕕同器，有人持正不阿，立身清白，有人巧佞姦邪，肥己噬人，結果是前者獨力難支大廈，後者則結幫組派，腐蝕國力民氣，令多少佇立權位以外的清謹人士心寒齒冷。

我的朋友是個微不足道的小人物，當年無赫赫功，也無煊煊名，當他有段時間處於權力中心時，他仍然小心謹慎守住他那權力範圍標準，兢兢業業，謙沖自牧，寧可讓人虧他是隻「軟腳蝦」，變不了橫行無阻的螃蟹，也不讓人罵他影子大過自己身體的山鬼。

當年，他曾恰如其分扮演過不同角色，今日，他沒有了權位，仍然有許多人樂意延攬他，他經過七挑八選，終於挑了一份與他學養志趣吻合的工作，雖不起眼，卻很快樂。在我們估量中，以他的學養和多方面的特長，他可能會有「今不如昔」的心理障礙，然而他卻做得鮮活有勁，他說：「做人做事要能扮什麼就像什麼。」他這種踏實心理和修為，正是朋友送給他「嚴守分際」評語的註解。

敞開胸懷

幾日寒風過後，天候突然放晴，暖融的陽光，曬在身上，教人感到格外舒暢。陰雨日，漫天彤雲，冷雨綿密，心境隨著感到天矮雲低，壓得人喘不過氣來。若是晴朗日子，艷陽高照，和風拂暖，即使是炎夏烈日當空，曬得人汗瀋淋漓，一經冷水沖浴，立覺遍體清涼，內心自然也有一種高曠朗麗的感覺。

陽光無私愛無私覆，凡是照射到的地方，便會萬物欣榮，一體光明；但陽光的暖愛，仍然需要雨露作調和，畸經畸重，偏枯偏榮，都會造成過與不及的災害，也非上天本意。所以天有陰晴，人有夫婦，職有正副，畜有牝牡……全部含有調和鼎鼐，以有餘補不足的用意，免蹈過激過徐的弊端。

太陽是萬物仰慕的光聚，沒有它，不知晝夜，不辨虛實，萬古如長夜，即使活著，也是一項酷刑。在朗麗的陽光下生活，看得清楚綠山秀水，艷花葱卉，心胸怡曠如蒼穹，浩瀚無垠，萬里晴碧，多麼美好的人生，多麼美好的人世。

大陸開放後，許多臺灣同胞去大陸觀光旅行，當他們看到年歲久遠的古蹟，動輒一二千年，較之臺灣一兩百年的古蹟，不知耄齡多少倍；再看到深邃無與倫比的文化，自然而然興起一分對祖先崇敬仰慕的心理。祖先如此辛勤開創，艱難締造，我們能克紹箕裘，進而發揚祖功宗德嗎？

我們中國有形的古蹟文物，在梟雄獍傑的兵燹蹂躪下不知毀棄了多少，劫後倖存的只是極少極少的一部份；再遭中共文化大革命的大力破壞，雖未到達徹底毀滅的地步，也是遍體鱗傷，斧痕斑駁。至於典籍書畫，毀於水潦烽火、人為破壞的災劫，更是不知凡幾？僥倖保存得供後人瀏覽的全是靠政府和有心人士的全力搜羅珍藏而有今日。倖存的文化遺產，博大而精深，教我們後人起敬起愛，既慚汗滿身，愧難踵武前賢，又懼難以超越，作了不肖子孫。

這是文化方面的開曠。開曠的文化啟迪後人心智精神的開曠。

當他們到達內蒙、新疆、西藏等地時，眼看到峰巒層疊，綿亙數省，上面覆著曠朗的蒼穹，雲朵在天空不疾不徐移動，徐行徐止；遼闊的草原，一望無際，一群群牛羊馬匹，在草原上自由徜徉，自由嚙嚼青草，天空蔚藍得一望無際，地面綠草一望無際。處在這種無遮無阻的自然環境裏，心境也是無遮無阻，心胸中的名利、愛憎、生死、得失全拋卸了，澄明無滓，有如連天碧水，你還奢求什麼呢？再說宇宙間還有什麼比天地更恒久？更遼闊？比山河更恒久更崇高呢？有了這種參悟，短短數十年人生壽命，又有什麼值得計較爭攘的事。

什麼樣的環境，培養什麼樣的胸襟，所謂人傑地靈，因為人的學問道德修養博深，即使是處在窮山惡水中，也因為這個人的人格光輝，而使窮山惡水變得妍麗可愛。若是先天上就是山明水秀，人們獲得這種好山好水的涵泳，再經後天教育的化育，自然是人傑地靈，與秀麗的環境相得益彰。

有人說海島之民心胸狹窄，性情褊急；寒帶地區居民缺衣少食，爭奪心也較盛；亞熱帶居民生活物資容易獲得，生性也較疏懶，隨遇而安，不務勤勞。我想這不是天性如此，染蒼則蒼，染黃則黃，而是環境使然。

近幾年來，細察主張臺灣獨立的人物，其中雖有不少傑出人才，畢竟缺少休休有容的胸襟，他們只求同調，反對異聲；只有自我，排斥別人；只走偏鋒，不走正道；只要分離，不務本源；只要獨立，不顧安危；只問目的，不管條件……他們的祖先自閩粵遷臺最多不過十餘世，優秀的遺傳，到達他們這一代中，卻突然失去了大陸河山廣漠的胸襟，為什麼？臺灣三萬六千平方公里面積，不說中共「臥榻之旁不容他人鼾睡」的獨大心理，不說脫離根深蒂固的中華文化而變成一個無根無源的棄嬰，單是數十年後人口激增到五千萬或一億以上，到時候，又將何以為生？作何了局？

這種極端的作法，主觀的一厢情願，忽略現實的客觀環境，就是只有自己沒有別人的狹隘心胸作祟故，在言行上當然褊急極端。

敞開胸懷作人，敞開胸懷作事，便是一位至公至正，徹體通明的好漢。凡事只要敞開胸懷，便有陽光進入，有暖流淌過。我們為什麼要把自己禁錮？把自己冰封呢？

坦蕩的胸襟，原從大自然中塑鑄，從人世中歷練，從學養中圓融。如果先天環境缺少孕育，我們可以自歷練、知識中學到天高地闊；自先哲的豁達氣度中涵泳自己，以補自己德性上的不足。若是賢哲尚不足以作典型，學問也不能濟其窮，證明此人天生冥頑，無法化育，鐵定的隘胸狹腸到死而後已。

有容乃大

自司馬懿開始經營，歷司馬師、司馬昭到司馬炎，祖孫三代全部效法曹操父子晉爵封王加九錫故事，到司馬炎才如願地自魏陳留王手裏把江山奪到手，國號曰晉。

歷史上凡是開國皇帝，大都雄才大略，英武傑出，像劉備、孫權，開創一方霸局，與魏國鼎足而三，豈是尋常之輩？晉武帝登位後，當時魏國一般大臣，也許早看到曹氏氣數已盡，人人與世俯仰，斂手無為。一俟晉朝開國，新時代新氣象，立刻大展宏才，竭智盡忠，襄佐晉武帝創業垂統。

晉武帝坐上皇帝尊位之後，立刻出兵平定東吳，天下一統，惟我獨尊，並且力矯魏世頹風，制奢俗以變儉約，止澆風而反淳樸，仁以御物，寬而得眾，簡拔人才，銳意新政，社會安定，物阜民豐，老百姓歷經漢末三國角逐之後，真正遭遇到一個從未有的昇平局面。

當日為人臣，今日為帝尊，曹操父子雖強，只有魏土一隅，劉備雄峙於西蜀，孫氏稱強於江表，到了晉武帝手裏，卻化三國為一統，號令天下，無思不服。當他想到這種種功勛，自然不免有些躊躇滿志。一日，他在祭告天地之後，一時興起，突然問司隸尉劉毅說：

「你看我可比漢朝那位皇帝？」

晉武帝內心暗忖，以他的文治武功，不比漢高祖，與文帝景帝應不相上下。劉毅一向方正亮直，介然不群，平常是言不苟合，行不苟容，正色立朝，朱紫有分，鄭衛不雜，滿朝文武對他都有些招惹不起的感覺。他一聽皇帝的問話，想到當前紕政百出，立刻奏對道：

「陛下可比桓帝、靈帝。」

漢朝桓靈二帝，任用后戚，庶政不康，盜賊昌熾，老百姓幾乎是苦不堪言，像這種昏庸無能的皇帝，注定江山必將敗亡。

晉武帝高帽沒戴成，反被劉毅損了一頓，不由驚訝道：「我雖德不及古人，但克己為政，平定孫吳，統一天下，比之桓靈，不是有點過分嗎？」

劉毅不怕痛揭龍鱗，力捋虎鬚，反而從容奏對道：

「桓靈賣官，錢入宮庫；陛下賣宮，錢入私門。以此言之，陛下還比不上桓靈。」

如果劉毅遇到是位無雅量而又喜怒任心的皇帝，腦袋可能立刻搬家。晉武帝不但不以為忤，反而大笑道：

「桓靈之世，不聞此言，所以朝政腐敗不堪。今有直臣，國政自然不同桓靈。」

侍立一旁的散騎常侍鄒湛立刻接道：

「世間比陛下為漢文帝，但眾說各有不同。昔馮唐答漢文帝不能用頗牧，而文帝怒。今劉毅言忤陛下，而陛下歡然，以此相較，陛下聖德勝過漢文帝。」

鄒湛的一席話，並沒說到晉武帝心窩，他立刻反問鄒湛道：「我平天下而不封禪，焚雉頭裘，行布衣禮，這些事蹟，都比容忍劉毅直言為優，以前不曾聽你說過一句好聽話，今日反而褒美我，不是有些過甚嗎？」

鄒湛說得也是切情切理，他說：

「君臣有尊卑，言語有順逆，剛才劉毅奏對，我們莫不驚怯變色，為他安危擔心；陛下不但不以為意，反而獎勉說是桓靈之世，不問此言，今有直臣，所以朝政不同桓靈。臣等高興慶賀之餘，比陛下如漢文帝，豈非恰如其分。」

漢高祖、曹操、隋文帝、唐太宗、宋太祖……這些開國君主，咸都寬宏大量，不忌直言讜論，所以才開創得他們的一世功勛，傳到二、三代以後，早已忘記祖宗創業艱難，以為天生貴胄，理應縱情享樂。以晉武帝如此英武傑特的君主，混一宇內之後，晚年耽於遊宴，寵愛后黨，親貴專權，彝章紊廢；復因太子不慧，賈充、楊駿表裏為奸，晉惠帝嗣位未久，立即釀成八王之亂，懷帝愍帝成了劉曜的臣虜，要非元帝繼統於江表，晉朝天下早已拱手全部讓給了異族，這種變局，豈是當時人才濟濟銳力新政的晉武帝生前所能料想得到？

刻薄

罵人待人不寬厚，我們說他是刻薄。

菜根譚說：受人之恩，雖深不報，怨則淺亦報之；聞人之惡，雖隱不疑，善則顯亦疑之，此刻之極，薄之尤也。

我們中國人一向講究做人寬厚。忠厚老實人，我們稱譽他為厚道，厚指本質、本性，道則是指做人的態度；文章寫得溫醇謹和，我們說是溫柔敦厚；寬宏大量能夠容人容物的人，我們乾脆把他比作大海，說是「宰相肚裏好撐船」。歷史上的胸襟廣闊可以撐船的宰相很多，嫉刻寡恩、妒賢害能，容不得一粒細砂的宰相確也不少。

父母親教兒女，除了告訴他「害人之心不可有，防人之心不可無」的小心謹慎以外，更要諄諄告誡他們凡事要厚道、要寬和。因為我們以寬厚為立身根本，凡是吝刻寡恩而積得財富人家，總會為他們預測未來命運，說是「刻薄成家，理無久享。」

日出日落，月升月沉，大自然的現象不是人力所能改變，太陽月亮的起起落落，畢竟有個明日，人生一世，草木一春，生命只有生死兩道界線，凋亡了，再也沒有第二春。許多人總是看不開這點，以為自己長生不死，於是，拚命積財，拚命刻薄別人而養肥自己，殊不知秦始皇萬世一系的夢，到二世就破碎了。好神仙也望長生的漢武帝，也只不過做了五四年皇帝，仍然得向閻羅王報到。五四年時間裏應該享盡了榮華富貴，但在時間長流裏，五十四年連一隻水渦也算不上。我們常人那能個個成為百齡人瑞，何苦事事刻嗇，死後留個罵名呢？

做人刻薄，原該有個分際，那就是對自己可以刻薄，對朋友親戚則須寬厚大方。為人處世，常常是「種豆得豆，種瓜得瓜」般現實。古話說：「在家不會迎賓客，出外方知少主人。」因為我們怎樣待別人，別人便會怎樣待我們。若是待人寬厚溫和，得回來的可能是雙倍回報。

要探測親戚朋友的為人，先看他有沒有同情心和愛心？是不是凡事先為別人想，再為自己想？一個最先想到自己，惟恐別人得到好處的人，這種自私自利的朋友不交也罷。友朋之間，他尚這般用盡機心，你就別指望他熱心公益，樂於為國家社會盡心盡力，一到利害關頭，他會為個人利害不惜出賣朋友、團體和國家。

我有兩位朋友給我很大的啟示——

一位朋友的妻子出身農家，祖父那代富甲一方，到她叔父手中家道中落，窮是窮了，她仍保有大家風範，朋友親戚到家，不管有錢沒錢，總是大碗大盤請客，大包小包送人，婚喪喜慶送禮，大大方方包個紅包，從不皺次眉頭，所以，他們夫婦結婚二十八年，一直在拮据中刻苦中過日子。反觀另一位朋友，他的妻子能幹不算，還多一分算計，每次與朋友見面，都邀約去他家吃飯，待朋友歡歡喜喜到達他家時，女主人不但沒洗米下鍋，別說正在廚房調和鼎鼐啦！朋友目見心感，只有知趣的趕緊藉故告別，免得欠下這餐飯的人情債。不過，他們夫婦除擁有一棟別墅、一家店面、兩戶公寓樓房外，還有五位數字以上的存款。

省儉是美德，過分省儉就是吝嗇，吝嗇而又算計別人就是刻薄，這種省儉法，只有上床認識老婆和丈夫，下床認識鞋子，一生只有作金錢的奴隸。

前一位朋友生活清貧，但友情親誼富裕了他們的家，他們精神上十分富有。

「惡有惡報，善有善報」這兩句話，根本是欺人之談；一個人的作為與因果報應拉扯不上任何關係，而且常常是惡有善報，善有惡報的反諷事例屢見不鮮。不過，一個人有能力替人盡心盡力而不吝嗇去盡心盡力，這就是種德，種德的人不一定有相同價值的回報，因為心安理得，睡覺也感覺甜些。一夜酣夢到天曉，多美好的生活。若是事事算計別人，吝刻寡恩，睚眥必報，內心不坦泰，睡覺也會做惡夢，何必呢？

陽光下

我像一隻辛苦織巢的老鳥，費盡一生心血，終於為兒女營運一所二樓住家，坪數不大，但明窗白壁，倒也相當雅淨；尤其是秋冬之日，敞開陽臺門窗，亮麗的陽光肆無忌憚闖進來，滿屋子都是溫暖和光明。這種住家，比不上傍山臨水的別墅，較之那些木板牆鐵皮瓦的幽暗住家倒是略勝一籌。

臺北居，太不易。能在寸土寸金的臺北市安頓家小，不受房東嘮叨頻年遷居之苦，奔波勞碌一生，多多少少覺得有些成就，我很滿意自己這戶房子。誰知道這種日子過了不到三年，望衡對宇的四樓突然在頂樓違章搭建一層樓房，居高臨下，氣勢凌人，本來亮麗的陽光越屋脊超層樓奔來我家，如此一來，等於有人橫刀奪愛，半路上把陽光劫走了。

劫掠陽光是否為一種不道德行為或者構成犯罪？我國法律沒有一條法規保障國民享有陽光不受剝奪的權利。人家違建，干卿底事？一家人只有眼睜睜看著自家客廳的陽光暗地裏被鄰居半路劫走，卻是敢怒而不敢言，想爭而又無可奈何？

地球土地面積，千億年來就只這麼大，即使運用科技方法填海奪地，陸地雖然增加幾塊巴掌大的土地，海的面積卻相對減少，地球依然是原來那隻圓滾滾骨碌碌的地球。反正是加減乘除，全在額定的數目字內翻騰。

以前地廣人稀，東村幾戶人家，西村幾戶人家，彼此往來，煞費一番跋涉苦楚；一旦早炊斷了火苗，還得差人數里奔波才能借得火苗回家早炊。如今，人人「做人」成功，人口稠密得幾乎快要爆炸，鄉下居家固然是櫛比鱗次，連街穿巷成大聚落居住；都市地區更是摩肩接踵，人滿為患。為了安頓這些為三餐溫飽而苦苦掙扎的市民有處吃睡地方，土地面積不足，只有朝空中發展，於是，摩天大樓，像是春天嫩筍抽擰，只見這兒一棟那兒一棟突然紛紛比高比大抽長出來。居住高樓的幸運子民，晚上可以摘星攬月，白天則把陽光緊緊摟在懷邊當火爐。位於地表面的人家，過去是陽光溫暖，家家拜訪，到處逗留；如今，他也勢利地與月光一樣只照射到有錢的高樓大廈家。

宇宙是團謎，這團謎不知費盡人類多少鑽牛角尖的心血依然不曾解開。銀河系外有銀河系，星球之外更有星球，到目前為止，已知的銀河系至少有一千萬個以上，根據美國天文學家休伯的估計，在我們的天河之外的銀河系，多達一千億個。宇宙的底蘊究竟是副什麼面貌？儘管有多少科學家窮畢生之力在研究，豈不仍是一個謎團？我們太陽系只有這顆太陽照射到地球，在我們居住的太陽系之外，竟然存在著一個與我們本質相同的太陽系，在天外天的星球所發出的光芒竟然是太陽的一千億倍。我們神話說是后羿射日，他一口氣射落九顆炙人欲死的太陽，只剩下現在這隻太陽巍巍一尊，讓人在適度的光熱下活下來。后羿當然沒有這種神奇本領射掉九顆太陽，但老祖宗的想像力不能不說是豐富，天外有天的概念叫老祖宗們知道那是一團永遠難解的謎。

太陽與地球有多少距離？據科學家估計是一億五千萬公里，如果乘坐波音七四七噴射客機，必須飛行二十年之久才能到達太陽。不過這仍是人類自已的計算，不一定百分之百絕對正確。至於他的熱度有多高？一般估計太陽核心的溫度是一千五百萬度，色球層是六千到一萬度，經過一億五千萬公里的長途奔波，照射到地球上的溫度僅是微乎其微。人類畢竟很脆弱，夏天溫度略高，最高也不過三十幾到四十一二度而已，立刻大喊吃不消，窩在冷氣房裏才覺舒服。一到冬天，洌洌寒風分散了他一些光熱，一旦旭日東昇，即覺溫暖如一床寒夜中的厚棉被，全身細胞都在歡躍。太陽分多潤寡，恰如其分，並未造成地球的大災害。戰國時，協助晉文公建國的趙襄，脾氣溫和，他的兒子趙盾則性格剛烈，所以民間反應說；「如冬日之可愛，是謂趙襄，如夏日之可畏，是謂趙盾」。把一個人的德性比之冬夏不同的太陽，果真是形容得入木三分。

冬夏寒暖不同，是因為地球距太陽遠近有關，我們人類幸得太陽寵愛，它以極少的熱能催化地球生物繁富，變化無窮，讓我們享盡人間福庥。若是太陽的熱度一直無阻無滅的照射到地球上，今日，地球早已成了一顆死星球，絕對不可能有人類活動。可惜我們人類不知反省，不知感恩，居然自己破壞自己的居住環境，不斷製造廢氣，把太空的臭氧層破壞了幾個窟隆，南極已經出現黑洞，一旦太空的臭氧層像是破被般千瘡百孔，太陽熱能暢通無阻照射到地球上時，那時節我們人類的末日也就到了。這真叫做自掘墳墓自己埋。

由於有陽光的光與熱，所以我們人人心境開朗，前程光明。而且凡是陽光照射到的地方，無不毫髮畢現，纖塵無隱。陽光是我們的恩典，也是我們生命的源能。我們譽人公正嚴明謂之光明磊落，譽人品格無污而又愛心廣被的人說是德比日月。一些見不得人的事情往往都是在黑暗角落進行，光天化日之下就得心地光明行為磊落。所以有人在暗無天日下飲泣，有人則在夜色掩護下得意獰笑。

二十年前，我在谷關參加山地訓練，每當假日便相約朋輩攀山，我們爬山不走便道，不經山路，自山腳直接攀爬到山頂。群峰簇擁，林相千奇百態，有的樹木徑可合抱高達數丈，枝幹招搖，凌雲抵霄，一副得意神態；有些樹木在大樹陰影下早已萎死，僥倖存活的也是荏弱不堪。這種差別的道理何在呢？其實道理很簡單，樹木為了生活，每一棵樹都憑著自己的生機能力爭取陽光，只要陽光照得到的所在，立刻生機暢旺，幹壯葉茂；先天上缺少競爭能力的樹木，只有困在陰暗一角萎頓死亡。

樹木要爭取到陽光才能生機暢旺，它只有警惕自己猛朝上長，絕對不管別的樹木生死存亡。我們人類的智慧當然比樹木高，要想活得比別人好，比別人強，也就只有不斷強化自己生存的競爭能力，打敗對手，壯大自己。這與樹木爭取陽光的意味相同。事實上人的生存環境與植物相同，本來應該得到的陽光往往被別人劫奪走了，當我們無可奈何而又無能為力時，只有躲在陰暗一角掙扎苟活，敢怒而不敢言。

這人世間真的像達爾文所說的；「物競天擇，適者生存」嗎？

臺北高雄兩地已有兩棟五十層樓的房子竣工，傲岸矗立，不可一世。它們掠奪了陽光而躊躇滿志，未來可能會有百層以上樓房出現，到那時，陽光都被高樓掠奪了，仰首張望，只能看到樓房的陰影，看不到亮熠熠的陽光，我們像是一簇活在陰暗潮濕中的孱弱小樹木，想想，那種日子怎麼過？

掌聲

鼓掌是快樂的表示。

先民狩獵有得後，燃起篝火，圍遶獵物唱歌跳舞，兩手應著舞步鼓掌助興，以慶豐收；這可能是先民鼓掌的單純意義。何時把鼓掌昇高到尊敬、鼓勵、嘉勉、贊成的境界呢？史無可考，想必是後來日漸演變的結果！

人都有惰性，日常行事，多是主動的少，被動的多，積極有為的少，消極怠惰的多。要做好一樁事，最好有人在後面督促策勉，才能績效宏著。不過，愛榮譽也是人的本性，要是有股力量給他鼓勵，時時給他一些掌聲，激發他的榮譽心，他會自然而然產生加倍的幹勁，完成許多事功。

掌聲只是有形的鼓勵力量，父母一句嘉勉話，朋友一聲溫慰語，妻子一抹深情的笑意，愛人一瞥靈犀相通的眸光，較之掌聲更有力量，若是再輔以熱烈的掌聲，效果便會更大。

人人都是活在掌聲裏。

掌聲像餐飲，一餐不吃，一天不喝，便會使生命力衰頹，所以都對掌聲需要迫切，只有掌聲，不斷的掌聲，才能鼓舞他勇往直前，無畏艱難和迍邅。

一個對掌聲期待熱切的人，往往對噓聲也很敏感，一聞噓聲，便不由雙眉緊蹙，神情緊張，感到渾身不自在。

掌聲的意義代表肯定，噓聲代表否定，誰願自己被別人否定呢？不過，噓聲的意義雖為負面，但它卻是我們反省檢討的警示。人人都有自滿自大的毛病，掌聲聽多了，難免會自以為智周乎萬物，才高乎眾人，只聽得進去好話諛詞，絕對聽不進去逆耳忠言，時日一久，剛愎自用，以非為是，那有不壞事的。

在乎噓聲的人，尚有一顆榮辱心、羞恥心，縱然自大自是，一旦改過向善，則可立地成佛。怕的是不在乎噓聲那種人，你噓你的，我幹我的，管你是非好壞，反正我就是如此這般，你瞧著辦吧！

功名利祿、得失榮辱看得淡的人，雖不在乎掌聲，卻很在乎噓聲，不管立身處世、謀事、助人，他只是一味地盡力去做，做好了，他自己高興，認為是本分，毋需別人鼓掌叫好。作壞了，一旦聽到噓聲，便不由汗毛倒豎，深覺愧對良知和朋友，於是，便會加倍努力，希望自己做得更好，更有益於社會世道。

我不知道禽獸有沒有妒賢嫉能的事？反省我們人類歷史文化中最壞的德性，可能就是妒賢嫉能。妒賢嫉能的人，看不得別人穿紅著綠強過自己，別人的成功就是自己一分壓力，別人的榮譽，便是自己一分屈辱。若是自家力求上進，克服缺點，爭取成功，倒不失為一種自省自勵力量，無奈他們卻是百般設法打擊別人，抬高自己，最好是把別人踩在足底下，教他永世不得翻身。他們沒有掌聲，只有摩拳擦掌聲，咬牙切齒聲。

人類是文化涵煦下的高等動物，有理性，有智慧，為什麼器量也會這般小呢？

人類文明是靠許多先人努力締造的成果，也是一遍遍的掌聲鼓舞得來的佳績。當我們看見別人成功，我們何妨給他一點掌聲，對自己無損，對別人卻會激勵他的奮進和努力。他的成功或許對我們個人無甚利害影響，對整個人類文明，可能就是一滴活源頭，而其產生的附加效益絕對不是當世所能估算得正確。

當我們看見公車駕駛、警察、清潔隊員、戰士、綠十字交通指揮、勞工朋友、公務員、教師……他們不顧個人辛勞，貢獻社會、服務人群，我們給他一點掌聲，豎起拇指向他們表示敬意，對他們而言那就是一分莫大的鼓舞力量，會讓他們忘記疲勞和辛苦，益加激勵工作士氣，那分心理上微妙效用，可能較之餽贈他們一份禮品更有鼓舞作用，因為他們的貢獻獲得社會人士正面的肯定。誰不願被肯定呢？

不要吝惜掌聲。我希望時時能夠聽到對自己無損卻對別人有益的掌聲。

朋友，請你給我一點掌聲，我也回敬你掌聲。

我們大家來鼓掌。

離婚

小王夫婦結婚三年，最近，居然離婚了。

一對人羨人慕的年輕佳偶，離婚消息給所有的親朋戚友帶來無限驚愕，什麼是愛？什麼是永恆？

小王跟悠悠却變不在乎說：「合則聚，不合則散，有什麼留戀遺憾的事。」當事人雙方都表示不在意。

離婚真的可以不在意嗎？

用自己雙手編織的夢，碎了；築砌的愛巢，破了；心裏能夠坦然無事嗎？不可能。外表坦然，內裏可能一直被痛苦嚙蝕。

離婚與死亡比，當然離婚沒有死亡的痛苦深沉，死亡是一了百了的事，痛絕之後，再也不痛了；離婚卻要面對未來漫長的日子和生活，還有許多許多在婚姻中由雙方所構成的問題須要解決，像子女撫養、財產分配，以及心理和生活上的調適等等，在在需要自己去面對，那種痛，就像癌症末期的痛，痛得令人難以忍受。

經不起這種沉痛的人，往往以死作解脫，甚者在情斷義絕之後，不惜將對方徹底摧毀而後已；即使不是「時日曷喪，吾與予偕亡」，但也要加深對方身心痛苦而後快。

許多婚姻專家，只對婚姻問題作分析、解釋、提示、引導。婚姻專家的意見，不是一帖靈藥，與當事人畢竟隔了一層，只能提供參考，不能分擔痛苦。若非當事人自己清醒，毅然決然跳出那隻痛苦圈子，婚姻專家的方案全都無濟於事。

所以，有人對婚姻抱持一種看法是婚前要盡量找出對方的缺點，婚後則當只看到對方的優點，少見到對方的缺點。

婚前找缺點，是將對方的缺點與自己的生活心理作分析，看看自己能不能接納和容忍？若是不能，也就好聚好散，免得「因誤會而結合，因了解而分開」。如果能夠接納，婚後只看到優點，沒看到缺點，彼此便能和樂相處，生活中一團喜氣而白首偕老。

我常規勸情感形將破裂的年輕夫婦說：

「你們雙方要時時想到對方對家庭的犧牲和奉獻，不要盡挑對方不順眼的地方。再說，自己心理上先就存有成見，遇到一點雞毛蒜皮的小事便爭吵不休，非要爭個是非曲直，這就是缺少寬宏大量的德性。請問，你們誰爭吵贏了，得過獎牌嗎？領過獎金嗎？既然沒有，何必爭吵不休？」

許多情感行將破裂的年輕夫婦，接受我的意見後，婚姻路上居然一路無風無浪。可見婚姻雖是兩個人的事，必須要有一種異中求同的民主修養才能相安無事，一生幸福。

有句話說：「不癡不聾，不作阿家阿翁。」這兩句話雖是對公婆而言；夫婦相處，多少也要裝痴作聾才行，不該聽的沒聽到，不該看的沒看到，才能保持夫婦的和諧關係。這也就是鄭板橋所謂「難得糊塗」的意思。

話雖這麼說，有些個性激烈而又眼睛揉不得一粒砂子，心胸容不下一點芥蒂的年輕夫婦，往往為一點小事要爭個理曲理直。贏了面子，失了裏子。結果，積小怨成大怨，累積到一定程度後，便不由轟然一聲巨響，將雙方苦心經營的婚姻炸得四分五裂。

既然離婚了，就要認知離婚不是人生的末日。

愛一位深愛的人固然是椿快事，但社會值得我們去愛的人和事仍然很多很多。人生不止婚姻這條道路佈滿鮮花和美果，我們還有許多待開發的道路讓我們走，許多值得奉獻愛心的事待我們去做，何必為了離婚這項挫折而表現得鬱鬱寡歡，硬把自己關在愁城裏走不出來呢？

大抵苦樂的分界線，全在自己一念之間，把離婚當作生命的終結也好，當作痛苦的解脫也好，都在自己一念作決定。離都離了，何不坦然面對它，快快樂樂找到自己另一種寄託和樂趣，創造自己另一個生命春天才是正經。

離婚本來是椿很難堪的事，朋友當年的祝福，父母親人的期望，突然之間全成了泡影，這在心理上的打擊確實難堪；畢竟這是個人的事，是苦是樂與別人全不相干，與其畏畏縮縮怕見天日，何不坦坦蕩蕩面對朋友和親人，接受他們的勸慰和鼓勵，療好傷口再出發，不怨自己，不恨對方。寬容大量面對現實，充滿希望面對未來，更會使自己快樂有福。

薯香

我一生最愛吃蘿蔔和番薯，這兩種作物都是屬於根塊類植物，雖為家常食品，我們常譽之為「土銀蔘」，與長白山所產的野蔘有同等的精神價值。我不僅百吃不厭，更有一種嗜「痴」成癖的愛好，吃起來咂嘴咂舌，齒頰留香。魚翅燕窩以稀為貴，那是富豪門第中的食品，我們普通人家吃不起，只有吃蘿蔔番薯才是「門當戶對」，身分相稱。

蘿蔔水分豐沛營養高，北平人冬天把蘿蔔當水果吃，小販推著攤子拉高嗓門吆喝：「蘿蔔賽梨喲」！可見它的實用性。如果把它單獨燉湯或火炒，不失它的原味；若與其他食品同時烹調，更有賢相良臣的輔弼作用，溫溫純純，正正實實。不像有些食品強自出頭，本來性質只是襄輔，它卻喧賓奪主，反卑為尊，像是權臣當道，驕恣專肆，形成大權旁落了。

蘿蔔與薯可說是我們中華民族的一項主要食品，我的童年就是靠蘿蔔與薯哺育長大，自己種薯種蘿蔔，也跟著大哥種薯種蘿蔔，我耽嗜這兩種食物，多少有些不忘根本不忘舊情的涵意。另方面也是與我瘦骨嶙峋的大哥精神相接的一種方法。

大哥不識字，一生伺候水田，水田等於大哥的父母妻子和兒女，他孝敬他、寵愛他、教育他，所以，我們家的田地無論種水稻或種黃豆，都是葱茂蒨秀，比左右鄰居的田地都豐收。

水稻一畝地產三百斤乾穀是鐵定的數量，不像種薯，只要土畦深，肥料足，灌溉適時，一條根可以串生七八枝薯，主薯重量可達四五斤不等，是荒年糧食不足的最好雜糧，或曬薯絲，或蒸或煮，味甜而耐餓，味道無窮。而且，薯性耐旱而賤長，只要翻鬆薯藤，不讓它在藤中央雜生根株私結小薯，分散主根養分，再在適當時機施肥灌水，即不需要大力照顧，保證一定豐收。

可能是大哥生活太寂寞？或者是大哥有意培植我當他的接班人？也可能是大哥不能容忍我遊手好閒過日子……反正我到現在仍然不太確切瞭解他當時的真正心態，總之，我小學畢業，體重三十四公斤，身高不到一百三十公分，春天冰雪剛剛融化，就伴著大哥教小犢子犁田，春水冰寒，凍得腳骨心子痛，我痛，當然大哥也痛，我是偶然為之，大哥卻是三百六十五天日日忙不完。溽暑蒸人的三伏天，不是跟著他割稻，就是頂著毒太陽種豆；其他如拔秧、除草、耘田、挑糞、放牛、割草……每一項農事都不能缺少我這分勞力。至於插薯秧、翻薯藤、收薯，更是我與大哥的專責。

大哥是我們家的養兄，他是文人父親的得力助手，因為他忠心耿耿，勤勞不懈，父親也最寵信他，他在家庭中的地位，農事全由他發號司令，算是最有權力的人物，但他不弄權柄，不製造個人勢力，像是一位賢相良將，默默付出，忠誠不貳地輔弼父親的事業。大哥不擅言辭不懂阿諛，凡事只知實心實意去幹，我是么兒，捱受父親的呵責和箠楚最多，挨打多了，母親不能為我出頭保護，只有獨個兒躲在牆腳下哭。大哥挨罵挨打的事情則絕無僅有。

我跟大哥的情感說不上好或不好，我不怕他；手足情感也不十分親密，也許大哥內心有隻「抱養」疙瘩。我則只知道他是我大哥，有時兄弟意見相左，他朝我頭上猛打幾巴掌，我也只有默默忍受，大哥是大哥，弟弟沒有反抗或討回來的權利，如果向父母控訴，會更多一頓拳腳，所以，打痛了，也只好躲到牆根偷偷流眼淚。

翻薯藤多在六月炎暑天氣裏進行，六月的太陽毒得像烘餅火爐，烤得人遍身發燙冒油，早晨兩碗薄粥，熬到中午已是飢腸轆轆，我的肚子咕嚕嚕聲，大哥的肚子我也聽見在咕嚕嚕叫。大哥瞧瞧我，問：

「餓了？」

「嗯。」

「想不想吃點東西？」

「那有東西吃？」

「大哥有法子。」

他在薯田中找到一株根粗土裂的地方扒開，然後拔下一隻碗大的鮮薯遞給我說：

「去洗乾淨，吃吃可以止渴墊饑。」

「大哥，你呢？」

「我等下回家吃中飯。」

「你也拔一隻嘛！」

「拔掉可惜，讓它長到收成時，可能要重三四斤。小弟，我做大哥，也要像爹一樣時時要為家裏三餐想法子。我不知道你背地裏罵過大哥沒有？怨大哥天天帶著你做工？」

「沒有。」我據實回答。

「沒有就好，大哥一個人下田工作，找個人說話都沒有，只有把你帶著。而且，爹也交代，說你身體單薄，叫我帶著你種田出氣力，把身體練好。」

兄弟年齡相差二十幾歲，原來大哥帶著我替他解悶，可見我雖不抵大用，平常童言童語，話無機鋒，多少有些解悶效果。

第二三年連年歉收，加上長江水患，湖北監利一帶潦災最重，災民紛紛來我們鄉下討生活，我們家本來糧食不足，眼看同胞飢餓難耐，實在不忍心不給分食；幸好兩三年來番薯豐收，娘每天蒸一鍋紅薯等待來我們家討生活的災民，不分大小每人分給兩隻薯。待七月新穀登場，災民走了，我跟大哥又在田裏翻薯藤，準備霜降後豐收自己耕種的成果。

如今，大哥早已作古，兩次探親，我悲楚地站在大哥墓前默默悼念，想到大哥生前勤勞不懈的工作，默爾無言的個性，我希望能夠將我深深的思念和純摯的情感傳送給他。

假如我再年輕一次

人生一世，草木一春。

草木春生夏榮秋冬凋零，一到明年開春，仍可發芽滋長，重拾生命的春天。人的生命只有一次，終了以後，再也沒有第二春。佛家輪迴之說，實際上只是佛家的說法而已，誰曾真的輪迴過？即使真可輪迴，輪迴後的生命，也不是輪迴前的生命，與原來的生命走了樣。

人生大致可以劃分成嬰兒、幼童、少年、青壯年、老年幾個階段。少年以前，懵懂無知，饑飽玩樂是那一階段的大事。臻入青年，生命漸已成熟，見少艾而愛慕，觀榮華而嚮往，那一階段，可說是知與無知的交替時期，一生發皇或黯淡？都以這個時期為分水嶺，因之，儲備創業能力，積聚豐富知識，調整生活態度，確定奮鬥方向等等，都在這個時期奠定基礎，基礎已固，自然前程似錦。若是浮根淺土，當然不能成長為參天大樹，蔭覆生民：此後數十年歲月只有悠悠忽忽過了。到了壯年，雖為夕陽燦爛晚霞麗的黃昏期，若能奮勵開創，仍然大有可為。如果安於平淡歲月，甘於命運安排，當然只能像是一泓無波無浪的水，平平靜靜流至大海湮滅而後已。人到老年，不僅是黃昏晚景，更是薄暮時分，以後日落西山，暗夜掩至；即使星光燦爛，亦無曉日初昇那樣朝氣勃勃。

因為每一個人的生命只有一次，有人好好利用，發揮了生命應有的價值，待到老之將歪，可以躊躇滿志，泰然無愧。許多人由於少年懵懂，青年怠惰，壯年無悔，到了老年便只剩下一分自怨自艾，悔恨無已的心境。

像我這個人，就是後面道種景況。

自出生到進入中等學校，一直在貧困歲月中掙扎；父親傾一生全力置產，只冀望兒女日後衣食無虞，誰知道共黨建國，辛苦創業成了畫餅，三百多擔水田，全被中共搜括殆盡，父親晚年竟不幸以餓殍壽終。共產黨的惡行，對勤苦力學與世無爭的父親而言，實為生命一大諷刺。等我略解人世安泰顛沛的景況後，卻把生命投入時代的洪流裏，跟著滾滾時潮浮沉激盪；生命原是自己的，那根線卻操縱在別人手裏，我像一隻布袋戲偶，努力唱做，全沒自己的腳本。等結婚生子，日日為餵哺兒女而勞神苦思，賣力賣智，無如力弱不能扛鼎，智薄不足運籌；不甘庸俗，卻又無梯可以登天；想有所為，智能僅堪餬口；一身傲骨，不甘奔走權門，而且侯門深似海，也不容我這等人物佇候門外逡巡干謁。加之，耽於文學，缺乏向錢看的洞燭目光，財源路上始終拒我踽踽而行，金錢與我無緣。人到壯年，已是鐵定無能為也的境況；到了晚年，回頭來時路，只覺得一生歲月白白過了，貧窮與平凡，始終如影隨形對我緊追不捨，生命紙頁上只夠四十大分，連及格數字都不足。

有人說平凡就是福，甘於平凡也是一分大修養。事實上，既已平凡，不甘平凡又能怎麼樣呢？只有那些曾經烜赫一時，功業震古鑠今的風雲人物，走下舞臺後，灑然地布衣芒鞋，揭去以往那一頁，與青山綠水為伴，跟樵農漁圃為友，這種甘於平凡才是真正的大修養，大憬悟。像我這種平凡，只能算是愚笨無用的遁詞。

任何動植物生命不會有第二次，可惜我是一個缺少旺盛企圖心的惰漢，即使能夠再年輕一次，我也不奢望自己大富大貴，因為宦海浮沉，財路競逐，那種風險太大了，我還是當個不起眼的市井小民比較好。不過，我會要求自己努力讀書，別把時間虛擲了，學問雖然不能壯大自己的身軀，卻能深化自家修養，美化自己氣質，當然也可改變我粗魯無文、傖陋不堪的面貌。其次，我要沉潛書畫，讓自己在謀衣謀食之餘，把生命放在五顏六彩中，走出前人窠臼，開創自己風格，裝點自己，也裝點社會。若是書畫成就可以傳世，多少也能為民族文化留下一點東西，免得像草木一樣，無所取材。

其次，我要做一個快樂的單身漢。娶房妻子當然好處多，洗衣煮飯，暖足疊被。可是，婚姻是副枷鎖，一旦被鎖上再也卸不掉。兩位陌生男女同床共枕，日久情生，情久則齟齬隨之而來，她高興時哄你疼你，恨不得掏出心肝給你熬湯喝；不高興時，她會咬牙切齒恨你，要能挖你心肝，她會拿你心肝去餵狗；那種日子不好受。不結婚便是不給自家添麻煩，出入隨心，行止自由，天地悠悠，作一個五湖四海人，苦我獨當，樂我獨享，免得別人為我牽腸掛肚投注關愛，下輩子回報不了。

天地廣大，時間綿長，有我無我，原對時空沒有任何影響，生則沐天地好生之德，死則少了一副臭皮囊而已，於是，我可以一肩行囊，兩雙履襪，訪青山，尋秀水，走名城，謁古剎，歷觀世界通都大邑，采風俗，讀文物，讓自家胸臆多些書卷氣息。行便行，止便止，過一種不受名利得失牽累的自由生活。一旦大限來臨，便隨大化委頓，把生命還給太虛。

可惜，生命沒有第二次，我也不可能再年輕，只有心甘情願平凡過一生了。

我的書桌擺那兒？

臺灣三萬六千平方公里土地，居然沒有我放書桌的地方，不是誇張。一張書桌，長不過一百二十公分，寬不過六十五公分，在三萬六千平方公里土地面積上能佔多少位置？而且，我沒有那種身份地位擺大書桌，我只要一張小書桌就心滿意足；意願不高，慾望不大，應該處處可以滿足我的願望；可是，我盼望了一輩子，我的願望至今仍然落空。

朋友說：「你有吃飯睡覺的地方就夠了，要張書桌幹嘛？」

這話也有道理，人生衣食住行的需要擺在最前面，等生活基本需求滿足後，才談得上育樂。既有地方吃飯睡覺看電視，何必自找苦惱要張書桌折磨自己呢？

本來，我也可以跟一般朋友一樣，打打麻將、看看電視、跳跳舞，也儘夠快樂自在。只恨我這隻頑固腦子總認為那是浮面的快樂，官能上的享受，不是性靈上的恬適安詳。今日，個人年收入平均已達一萬美元以上，大家只是一味追求官能滿足，而不在性靈上求提昇，德守上求健康，怪不得我們的旅行團到達國外，購物不計價格高低，大批大批往家搬；進出海關不守秩序；進住五星級飯店，大聲喧嘩，旁若無人；吃飯搶位置，夾菜翻江倒海，喝酒猜拳行令，捲袖披襟。只有自己，沒有別人。五千年悠久歷史文化只陶冶得一批粗鄙無文的濁物，貽笑國際，遭人白眼。所以，我想有張書桌，先從自己變化氣質開始。

深邃的文化可以陶鎔一個人的氣質和德行，這個結論有五千年文人雅士作證；粗淺傖俗的感官文化，只能孕育鄙陋無文、舉止粗野之輩，這也有歷史人物作論證。我想有張書桌，自古今中外書籍清芬中，培育自己多少有點文化氣質。

書桌必須擺在家屋中，明亮的光線，恬靜的氣氛，才能吸取古人的嘉言懿行而能取精用宏。家屋不大，當然容不下書桌橫佔位置，所以，我常慨嘆臺灣三萬六千平方公里土地，沒有我放書桌的地方在此。若是把書桌擺在荒野僻地裏，豈止一張書桌，就是千萬張書桌，橫放豎放也能綽綽有餘裕，只是大風起兮雲飛揚，想讀讀寫寫，也會惹得春風不識字，偏偏亂翻書，當然不行。

我家住屋只三十坪大小，三十坪住了大小蝸牛六隻，以前兒女年紀小不佔位置，三十坪房子，儘夠他們跑跳蹦樂。如今，女孩家的衣服、鋼琴、書籍，樣樣往家搬；男孩子的音響、吉他、遊樂器，大件小件往家運，而且個個身高體大，於是，三房兩廳的老格局房子，處處塞滿了東西，伸手縮腳都碰撞到物品家具，我的書桌還能往那兒安放呢？

朋友鼓勵我換一戶大一點的房子，這項建議非常有價值。換房子需要有紮實的經濟條件，我計算每月退休俸加上現在薪資所得，恰恰夠一家人生活支出，就是省得三幾十萬，也是自牙縫中剋扣而來，臺北房價昂貴，一坪房價動輒二十五六萬，幾年省儉，還不夠買兩坪房地，怪不得無殼蝸牛遊行示威，抗議財富分配不均，怨嘆辛苦一生還買不成一戶房子。

房價如此飛漲，原因不止一端，怪誰怨誰都不公平。十多年前，房價最高不過一坪三幾萬元而已，怎麼突然間像隻紙鳶一樣，扶搖直上，翻騰雲天，高興怎樣搖擺就怎樣搖擺？細細一根線牽在政府手裏，拉不得，放不得，害得大家叫苦連天。

許多人搞房地產賺了大錢，尤其幾家財團，地皮炒得愈熱財源愈加滾滾而來，錢滾錢，利滾利，把他們個個變成方面腆肚的大肥佬。賺錢要有聰明才智遠見遠識，像我們這些成天趴辦公桌，按月拿死薪水的人，天生本分守成，沒有發財智慧和識見，活該一生為吃住忙煞。

換不成大房子，孩子們也說風涼話了。

「老爸，讀書不一定要有一張書桌，你不是常告訴我們朱賣臣掛角讀書，匡衡鑿壁偷光、車胤囊螢映雪，他們個個功成名就，學問了得。你即使有張書桌，不見得能讀出一個匡衡車胤來。」

話是說得不錯。人往高處走，水向低處流。據我所知，許多朋友不但擁有一張寬大的書桌，而且還有一間考究的書房。我沒有能耐買大房子，只有搬著書本到處搶空位讓自己學一點東西，想作畫寫字時，只有佔據客廳茶几、硯臺、畫碟、水盂、毛筆，把客廳搞得翻天揭地，秩序大亂，孩子們一回家，總會搖頭大嘆：「天下本無事，庸人自擾之。」

朋友介紹新店有戶房屋出售，不經仲介，避免二度剝削，於是，我們「嫌」伉儷興匆匆跑去一瞧，二十四坪不到的房子喊價五百七十五萬，而且，裏面空無一物，單是製作幾隻壁櫥 就得多花上二十萬，以市價論，這不算是天價，以我的收入來衡量，簡直是椿不可能的事。我們夫婦裝作興趣索然告別，走出大門，立刻長吁一口氣喊：「天呀！真嚇死人。」

大房子換不成，書桌仍然無處安放，我心裏有個盤算，準備天熱以後，往陽臺求發展，用不銹鋼將陽臺延伸一點點，夠擺一張書桌就好。到時候，希望臺北市警察老爺們手下留情，不要以違建提報，工務局可憐我這個不是讀書料而又想讀書的市井小民，不要三五鋤頭拆了我想望多年的美夢和希望。

寒夜挑燈讀

幾日春暖，誰都以為就此可以收藏冬衣，換上春服，亮出生命的光華；誰知道驟然幾波寒流襲來，冷鋒割人，寒氣砭骨，只見人人縮頭聳肩，一副冷不可支的神情，教人感到春寒尤比嚴冬酷烈幾分。

天候可以左右一個人的情緒，在性格形成上亦有莫大關係。天氣晴和會給人帶來開朗的心境，陰雨連綿，心情也像天候般潮霉鬱悶，不得舒展。寒帶人勇猛悍戾，熱帶居民則熱情奔放，這都是天候和地理環境相互影響的結果。

夏秋多佳日，大自然也多一分媚麗葱秀，春冬寒雨颼風的日子多，天低雲濃，自然環境也帶一副愁容。所以，夏秋時節爬山郊遊的人特別多，春冬風寒雨厲，即使嚮往自然環境，也因山水姿色大減，很難讓人興起一分旅遊清興。

夏秋炎熱薰人，是種頗為難耐的煎熬，但一到黃昏，便有習習涼風驅除暑氣，農村裏的大樹下、古廟前，便是村中老少男女笑談論古所在。都市居民雖少這分閒福，也會在公忙之餘，敞開門窗，迎接晚涼進屋。夜恬靜而誘人。

我一生無成，卻養成一種夜讀習慣，不論節序，不管天候變化，燈下展卷，逐句圈點，從字面直探句裏真義，也是一種無窮樂趣。

前幾月，春寒料峭，較之北風砭肌的冬寒尤多幾分酷虐，白天為了三餐，不得不在辦公室裏苦撐；下班回家，因為無處可去，只有沿襲舊習——燈下讀書。

蝸居偪仄，而且簡陋，畢竟門窗嚴密，寒風只能在門窗外吶喊叫囂，無法登堂入室，逞強肆虐；室內暖融融的氣溫，無形間醞釀出幾分讀書興味。我展開史記，自司馬遷的多采史筆裏，讀出了多少盛衰成敗的故實。

歷史是種僵化了的故事，不管烽燧奔遞，或政治清明，終久已成陳迹，讀它不能借為殷鑑，由於時空的隔閡，也難了然當時的因果關係，抓不住一點訣竅，只見一堆文字堆砌，那能看到當時人物的揖讓進退。幸而史家的筆墨全都絢麗犀利，經過他們的文字渲染，每一位人物，每一件故事，便栩栩如生地展現在我們眼前，讓我們參與他們的活動，看見當時的社會民情和影響，注給了我歷史意識和文化涵養，使我活得莊敬而尊嚴。

夜色寧靜，心境尤其空曠，像海洋般浩淼，像蒼穹般澄明，巨細靡遺，包羅萬象，想到歷史上諸多人物轟轟烈烈的作為，替我們留下了豐富的文化遺產，讓我們今日能夠毫無愧色地與世界各國作文化交流，這都是祖先努力耕耘的賜予。

人與禽獸的顯著差異，就是人類頭頂蒼天，足踏大地，直立而行，這種頂天立地，一方面是人的特殊姿態，另方面則是人類的氣概。人不能沒有氣概，尤其不能沒有器識，當我們自先人的生活行為裏學到了經驗知識，就要效法祖先勤勉耕耘的德行，正正當當寫下我們的活動紀錄，為後人留下典型，上不愧為祖先的兒孫，下不作為兒孫的先人。

義利之辨，人獸之別，只是一步之差，跨前一步或退後一步，便是一個人崇義趨利為人為獸的轉捩點。每一個人都有它既定的作人態度和看法，對自己的出處進退也有一定主張，這些源流，一是得自觀察和學習，一是來自書本知識。許多人平常倒也拿得準分寸，一旦面臨到緊要關頭時，往往惑於短暫的利害得失關係而失卻既定原則，形成進退失據的局面，甚至於對整個國家社會大眾產生嚴重戕害也至死不悔，這就很顯然地已失去做為一個人的氣概。細察原因，不是他們沒有學養，也非缺少做人做事的根柢，更不是他們沒有自歷史人物中吸取經驗教訓，為什麼他們會迷失？因為他們缺少一種淡泊名利的胸襟，對個人出處進退太過關心。歷史步伐的錯亂，蒼生遭受塗炭，就是這些人物一念之差而鑄成的。

人的生命有限，耄耋高壽最長也不過百齡而已，古代醫藥不發達，能夠活到古稀之年的人已是僥天之倖，大多數人都是五六十歲左右便匆遽離開人世，他們在短暫的紅塵歲月中，卻為我們後代留下了豐富的資產，一顆拳拳之心，一管筆、一寸墨，寫下了等身著作，上至昊天，下至泉壤，動植潛藏，幾乎無所不有，無所不容，自縱的累積，到橫的搜羅，讓我們富有而豐盈，充實而尊嚴，不曾成為貧窶之子。假如我們再不勤苦耕耘，我們以什麼遺留給兒孫？怎麼面對祖宗先人？

古人寒窗苦讀，豈止是純為俸祿仕進而已，他們原就有所為有所不為，讀「伯夷列傳」，我不由掩卷長嘆：

「這兩位先哲，對出處進退，秉持自己的原則拿捏得恰到好處。」

不為揚名，恥食周粟，采薇采蕨，無怨無悔，餓死首陽山下。以今日的眼光視之，或為迂腐不化，處在當時，干祿求仕者如蜂聚蟻集，他們對義利之辨，取舍之道，卻是行動積極，生命雖短，終得夫子作春秋而名益彰。史頁翻過了幾千年，教許多對出處進退躑躅之士靦覥汗顏，循利虧義，貪得辱節，多活了幾許時日，卻早殞了數十歲月，能不慨嘆。

窗外風緊雨急，史記裏每一個字都在我眼前跳躍，天氣寒冷，整個身子則是熱血奔騰，熄滅燈，四周靜了，思潮卻如海浪翻騰，珠花四濺，久久不能成寐。

文字魅力

文字具有一分無比的魔力，一個人只要沉浸其中，一生便要被它所吸引、所顛倒。中國文字的發明由倉頡集大成。世界各國，各有各的文字，由誰創始呢？該也是與倉頡同樣神聖化的偉人。發明文字，原始意圖只是為便於記載事物，演變的結果，它兼具了文學、政治、哲學、歷史、藝術……闡述弘揚的功能。有如潛龍變化、雲瀾詭譎，多樣面貌而渺冥不可探測。

拆開我國文字的形體來看，只是横、豎、點、撇、捺的簡單筆劃而已，貌不驚人，才不出眾，無甚玄妙奇突處。若是自一個個獨體看，也是性格孤怪，不與類羣。倘若組成辭彙，那就妙用無窮，美不勝收，任何一種狀事寫物的組合，都能直追事物的形象和精神，曲狀奇描，教人駭怪驚愕，欽嘆不已。字像建築材料，一磚一瓦、一楹一柱，原始粗糙，不足與觀。若是結構成文，則淵源浩渺，巍峨雄偉，便會不可窺測與量度了。

文體美醜，全視運用文字者的心思巧拙而有別。大匠運斤，不需繩墨，皆能中規中矩，恰如其分。技藝精湛的建築師，建宮闕、造樓臺，先具規模，再加藻飾，楹角樑棟，門扉窗櫺，或精工細鏤，或彩繪修飾，於是飛簷喙牙，聳脊懸柱，極盡皇麗之美。亦如畫家揮毫，胸中先有邱壑山水，遠近隱露，成竹在胸，一旦成畫，自然遠山近樹，屋宇樓閣，溪流池沼，曲橋幽徑，皆能各抱地勢，各富風光，使整個畫面盡態極妍，裔麗美媚。若是拙於文字運用，雖是竹籬茅椽，繩樞甕牖，後倚蒼山，前瞰溪流，雖不能與宮闕樓觀媲美，那分樸質之勝，安其身而養其性，亦有足多。

我國康熙字典，收字之多，號稱完備，而實際常用者亦只數千字而已，就只區區數千字，幾千年來，不知多少人沉潛其中，皓首窮經，死而無悔，不僅獨得其樂，亦能同樂其樂。因而，歷史得以綿延，文化得以傳承，忠奸有別，是非分明，宮闕樓臺、山水風光，皆在文字記述中得以保存，儘管天災兵燹，或已淪夷，若從文字中傍徑躡迹，仍可觀摩得俊偉華麗大貌。

孔子以文字別忠奸、寓褒貶，結果，春秋作而亂臣賊子懼。春秋時，趙穿弒靈王，趙盾亡未出境，反不討賊，董狐歸罪於趙盾而書曰；「趙盾弒其君。」寥寥五個字，定下了趙盾一生罪名。春秋之筆，不容絲毫假借。秦始皇登泰山，遊會稽，樹碑訹功，冀望以文字而昭千古。司馬相如一篇長門賦，竟教失寵的陳皇后再度獲得椒房嬖愛。駱賓王一篇討武曌檄，筆力萬鈞，氣吞河嶽，教不可一世的女梟武則天心膽俱寒，慨嘆宰相何以棄此人才，未得登用？李白一篇討蠻書，教番邦不敢藐視大唐天子無才。唐朝賈金虛、盧渥、于佑得因紅葉題詩而得佳婦，結下一段千古稱頌的良緣。明成祖篡位稱帝，只為要求方孝孺草詔即位，方氏以成祖篡竊帝位，不以文字反逆為正，寧死不屈，結果株連十族被戮。清朝的文字獄使多少人頭落地，沉冤莫白。文天祥一篇正氣歌，驚天地而泣鬼神，昭民族魂於千古。……有人藉文字吐盡塊壘，有人假文字寫描山水風光，男女靠文字通款曲，天各一方的友人，以文字互傾情愫，唐人死後，子孫以重金求文起八代之衰韓愈的墓誌銘，期光祖宗泉壤。有人以之鬻官，有人以之干祿……文字的魔力，大則可彌六合，卷之可藏於密，真是不可思議。

在諸多運用文字者的筆下，有人只是把它當作工具，只要克盡了記述敘事的功能便覺已足。只有文學家，對它敬之如神明，愛之如寵妾，運用它時，敬而不瀆，狎而不暱，精工細鏤，巧用心思，終於創造文學的殿堂，秦文、漢賦、唐詩、宋詞、元曲、清小說……各有各的外觀和深邃堂奧，那是許多許多文學家用靈慧一磚一瓦砌建的殿堂，只有她們的智慧和精靈思想，才能把笨拙的文字變成如許華麗輝煌的建築，創建出各人的不朽事業。

文字本無靈性，但當我們賦予它靈性時，它就靈慧巧黠了。文字的魔力還是源自我們運用者的沉迷和崇拜。當我們一旦與它結緣，便將生死不渝，終生隨之，苦得心甘情願，樂得心花怒放，這就是魔力的來源和表現，比宗教家的虔誠更虔誠，比殉道者更多幾分以身相殉的精神。

假如先聖先賢不曾創造文字，我們便是一個沒有歷史、沒有文學、沒有藝術、不能承繼也不能傳遞的地球。萬物無名也無靈性，有江山、有花樹，有人類的活動，卻不如此深厚美麗而令人著迷神往，甚者甘願以生命相許。男女間只有人之大欲存焉，絕對沒有美麗的愛情詩篇。地球上只是蠢蠢然活著數十億生命，與蟲蟻無別，與豺狼虎豹無別，生死寂滅，只是一個輪迴，沒有靈性，沒有精神業績留存，還有什麼可資歌頌揄揚之處呢？

文字文字，使人類創造了無數神奇的精神生命，怪不得大家終生仰慕追求，踵隨左右，以哭以笑而能大得其樂。

臨字樂

最近常讀碑帖，興趣來時，偶然也臨三幾十個字，雖非字字像帖，筆筆形神畢肖，寫完字後，倒也有幾分高興。

古早讀書人，把字體看作是門面，因為一個人的學養好壞？那是店面內的事，一時無法窺測高深？只有字體，一旦提筆，立刻看出一個人的功夫深淺？字好當然是滿面光彩，若是字迹拙劣，相形之下，就等於門面沒裝修相似。

我國文字雖然只是一種記述事物的工具，但在歷代各大書法家創新求變之下，已經變成一種獨一無二的藝術，形體不同，妙諦具在。鄰國日本、韓國，深受我國文化所影響，也不由感受到這種良好美習，形成東方書法藝術一大流派。

字體好壞，天資是項因素，習字功夫尤為重要。書聖王羲之臨池習書，池水盡墨，以後把習字謂之為「臨池」，典故就出在這裏。書聖之為書聖，不知寫壞多少毛筆？歷數千年而聲望不墜，豈能倖致？而是經過千錘百鍊的功夫才享有他的崇高地位。

聯合報「文化廣場」版，常有魏碑字體標題，力道遒勁，健樸拙厚，想必是出自前文建會主委陳奇祿先生的手筆。每在讀報之前，先觀賞魏碑體標題，就是不讀報紙內容，也覺是種享受。

我小時候曾經臨瘞鶴銘，本來有幾分規矩，擅長書法的族兄侯夷平一再嘉許，認為將是侯家一枝筆；無如自己年輕無知，堅持力不夠，加之父親督教不嚴，有意放任，因之，中途變「節」，結果，柳、趙、褚、歐陽、隸、魏，甚至於黃山谷的梨花詩，潘齡皋手扎——亂臨一通，自己的眼界固然開闊了，字體便不免變成雜牌，非驢非馬，儼然四不像。因為不會專宗一家，沒有章法尚屬其次，站不穩坐不正成為字體一大敗筆。

大約要把字寫好，必須先自正楷開始，先宗一家，等基礎穩固以後，才可汲取眾長，化成自己的書體；等於兩軍對壘，先求陣腳穩當，然後講求戰術上的千變萬化。歷代各大書家的訣竅全在勤與恒二字上著力，沒有捷徑，絕難速成。

近來，我偶然臨摹「張黑女墓誌銘」，由於功力不精，只得一個形似而神非的成績，檢討原因，可用一句話作結論——功夫不深。

我從小就喜歡歐陽詢的字體，最近把他的「九成宮醴泉銘」、「千字文」、「虞恭公溫彥博碑」……等碑帖集中一塊作比較，而且讀它臨它，始終覺得歐陽先賢的字體風格一致，端方工整，筆筆不苟，是有意鑽研書法的入門基礎。就像我們立身處世，必須品端行方，光明磊落，舉止言談，中規中矩，才能贏得別人的尊敬與信服。可惜自己雖然喜愛書法，終因旁騖太多，功夫下得不深，加之天資不高，雖有進步，總是進步不多，始終在書法門牆之外徬徨徘徊。值得喜慰的是每當自己心浮氣躁時，翻開字帖，伸展紙張，濡筆臨習，立刻心境平靜，神性歸一，對書法更多了幾分喜愛。

一位對書法頗有成就的朋友，曾經跟我說了許多習字訣竅。加上自己多年來的體會，一時興來，便寫了幾句打油詩。不曾攬鏡自照，當然不曉得鏡子裏面原來是個豬八戒。對有心習字的朋友，或許多少有些助益。打油詩曰：

學書猶如嬰舉步，四處踉蹌無正路；
不怕字醜難示人，凡事起頭皆無度；
一筆一劃求穩健，點橫豎撇下功夫；
筆到力到心亦到，莫為取巧作旁顧；
正楷如屋奠基穩，大道優遊才津渡；
一日臨帖百餘字，三年五載必享譽；
出入篆隸溯鐘鼎，飛白行草若天符；
四分法古方有本，六分獨創出機杼；
諸唐書家非天生，功夫精到水成渠；
今日書道漸淪夷，振興文化全賴汝。

八十吹鼓手

人的興趣有時會轉移會改變，這種轉移和改變不是來自突然，而是曾經蘊積許久都苦無機會，到了某段時間，時機成熟，自然而然挪移到另個方向去。

自三十九年到四十三年，五年時間我都住在金門島；那時候，島上沒有樹木和供車輛行駛的道路，不說是草萊初開，也是荒煙寥落，每到秋風起兮，便見塵土飛揚，黃沙漫漫，與居住黃土高原的風情不相上下。為了改變金門風貌，我們不分晝夜寒暑的開馬路、修水庫、種樹木，全心全力，犧牲奉獻，幾年下來，多少看到一點粗具規模的績效。今日金門風姿，道路縱橫、大廈林立，處處綠意盎然，確非當年的吳下阿蒙了。

沒有娛樂和精神糧食，大家在家國淪亡的痛苦中，一心只想如何光復故土，重整家園。為了調節官兵苦悶的心情，每個師的康樂隊負起了調劑官兵情緒的工作，不斷的巡迴演出，粗糙的話劇，純粹只演無唱，沒有音樂、燈光和佈景，也曾博得不少掌聲。以後，粵華、百韜兩個劇團作大駐地演出，把官兵帶進古典戲劇裏。直到立法院院長劉健群先生帶領顧正秋劇團勞軍演出，達到最高潮。當年唱青衣的顧正秋、張正芬，唱鬚生的胡少安、唱丑角的于金驊等諸位先生女士，個個技藝精湛，唱做俱佳，每當舊日同僚重逢，提及往事，猶不禁眉飛色舞，歡然稱快。

至於讀物方面，連隊只有一本國防部出版的「軍中文摘」；青年戰士報出版未久，發至連隊，也是鳳毛麟角。偶然借到一本「戰鬥青年」或「紐司」，便忍不住挑燈夜戰一口氣讀完，然後輾轉借給同事共享。

由於臺灣勞軍只注重耳目之娛，絕少快樂泉源的書報雜誌勞軍。由防衛部出版的「正氣中華」報便成了大家不可或缺的精神糧食。「正氣中華」只有現在版面二分之一大，丁迪先生的三民主義論著經常佔據副刊的整個版面，偶然空了下來，便成為愛好文藝朋友搶攻的據點，一旦作品刊出，那分得意神情，不下於一登龍門，聲價十倍的氣燄，令人羨煞妒煞。就在那個節骨眼上，我也開始寫作，別小看這張小副刊，要搶攻成功，還真不是一樁容易事。

當時的金門島，雖然是臥虎藏龍，人文薈萃，畢竟虎不嘯風，龍不興雲，還不到成熟氣候。像我這個剛剛起步的投稿人，每每總是十投八九退，偶然刊出一篇，便覺喜不自禁，以為攀登文學殿堂開始起步。誰知道文學殿堂的路居然如此遙遠而巍峨，斷斷續續，跌跌爬爬，我只看見雲端飛簷流丹，直達造天，赴險凌虛，高不可攀，文學殿堂離我太遠太遠。

在寫作期間，每投出一篇作品，總不免擔心它的命運，就像擔心兒女的安危禍福一樣。祖先告訴我們，做人要心境曠達，凡事提得起放得下。實際上，做人怎可能做到無牽無掛，了無芥蒂呢？真要無視得失榮辱，除非是看破塵情的出家人士。我是一個凡夫俗子，我要養家活口，即使是一筆微薄的稿費收入，也能哄得兒女不飢腸轆轆。關心稿子刊退或是鴻飛冥冥，自然也是理直氣壯的事。

投稿雖不與編輯老爺直接照面，在內心裏那分看人臉色的感受相當深。明明一篇自以為夠水準的作品，不是被退便是無疾而終，心灰意冷之餘，累累叫自己喊停。稿子退刊，常常因為作者與編輯的立場不同而有出入，怨己尤人都不對勁。無如寫作這種癖好就像吸毒，既然上癮，絕不是說戒就可戒掉。結果在希望與失望，退稿與刊出的糾結間，不知不覺為寫作送走了一生歲月。

我是一個農家子弟，小時候，放牛砍柴插秧割稻挑糞樣樣來，寒暑假才跟父親讀詩云子曰，與「書香世家」多少沾得一點邊。因為長年居住農村，親朋戚友全都是莊稼漢，當然沒有「以文會友」的聚會，學問不能因切磋而進步。加之交通閉塞，知識溉入渠道不通，其他興趣便難因啟迪而發芽。小學階段，我最愛琴藝和書畫，因為缺人指點，多少誤了自己一分天資。把琴藝扔去一邊，自己摸索畫竹畫松畫山水，塗塗抹抹，沒有師承，沒有畫譜可資臨摹，結果，畫虎不成反類犬，自己一生終於與畫絕緣。

最近，突然把寫作興趣轉移到國畫上，下班後，展紙濡毫，亂寫梅竹山水，縱屬迹近塗鴉，偶然也有佳作可供觀賞。大約從事任何行業，必須由師承打好基礎，指點門徑，然後自闢蹊徑，自創品牌，如此才能費力少而收穫多。因為自己還須謀衣謀食，沒有餘暇餘錢從師習藝，只有自家摸索，畫好了自家歡喜，畫壞了仍可當書法紙作第二次利用，省去為作品刊退那分掛心。

古話說：「無欲則剛」，又說：「人到無求品自高」。我不干祿，也不謀位，偶然寫點東西，純為抒發感觸，自求心境快樂，既不煮字療飢，自然心懷坦蕩，毋須為作品出路而牽腸掛肚。

八十歲學吹鼓手，必然吹打不成調，能夠自己為自己找到一項寄情託意的事情去追求，何嘗不是一樁快樂事。年輕時的興趣拖到年邁老境才得實現，晚是晚了一點，畢竟有種「得償宿願」的快感，能說豈不快哉，豈不美哉。

苦悶寫出來

寫稿是件苦事，許多人樂此不疲；如給自己戴頂高帽，可算作文化工作；若自心理調適方面來說，它讓情感、心靈、思想得到奔放，可以紓解鬱結。

日本廚川白村曾說：「文學是苦悶的象徵。」我們中華民族自周公制禮作樂、孔子刪詩書、訂禮樂、作春秋開始，數千年來，多少人以一生歲月「皓首窮經」搜剔枯腸，從事著述；不管柴米油鹽，不知老之將至。大家心中有苦悶，大家自文學中宣洩苦悶，這樣看來，我們豈不是一個苦悶的民族。

文學既是苦悶的象徵，偏有許多人愛這苦悶，可見這種苦悶是愛的苦悶，只有文學才是宣洩苦悶的最好路子。

幾乎是自小學開始，老師就教我們作文，作文的目的是讓思想、識見在一個主旨之下歸隊，不散兵游勇，不各自為政，不佔山為王，不懶散簡慢。說穿了，就是讓你自小學開始找到一條宣洩苦悶的路子。

大約積學愈深，識見愈多，苦悶愈沉，他憂國憂民憂道……上天下地滿腔都是煩憂，這還不夠，范仲淹還要「先天下之憂而憂」。好在這只是大人物的憂，我們小人物只憂明天沒有米下鍋、菜價飛漲、兒女碗裏沒有紅燒肉、房價太高、買不起遮風避雨所在。偏偏許許多多的讀書人看不透這點，走不出這個苦悶的框框，非憂不可，不愁不行。當苦悶沒有別的出路時，只有從事寫作，自總角到耄耋，皺了顏容白了頭髮，無怨無悔，不到倒下嚥下最後一口氣不止。為什麼？為苦悶找出路嘛！

種田人心地單純，生活簡樸，欲望不高，每日順著日出日落耕作，只期望風調雨頭，田裏豐收，有苦悶也是打落牙齒和血呑，不叫別人分擔。只有讀書人私心太重，沒有苦悶，偏偏自家製造苦悶，製造了苦悶自作自受也罷了，還要推銷給別人幫忙負擔。

工商業人士也有苦悶，苦悶產品不良，銷路不佳，等產品行銷暢旺，大把大把鈔票滾進荷包時，他們的苦悶全部煙消雲散，杳無踪影。只有失意文人，出仕無路，爭財無門，幾根硬骨頭，一顆孤傲心，又不屑奔走權門，求個一官半職養家活口，在無權可奪、無利可爭的情況之下，只有弄弄文字遊戲。有人批評文學是「雕蟲小技，壯夫不為」，讓小技載大憂，排大苦悶，那能載得動挑得起，真是不知自量。

野馬跑了一大圈，再回頭看看自己，怎會也墜入這個圈套幾十年而不自覺？

寫作當然希望發表，在虛榮心作祟之下，作品發表之後，一則有稿費好拿，再則，多少博得一點名聲。由初階段的摸索，到中間找到竅門，最後文字駕馭純熟，自然發表的地方愈多，名聲愈傳愈遠，出席什麼會議，主持人作介紹時，總會說：「某某先生是社會知名作家。」俗話說：「人怕出名豬怕肥，」大家一生一世都在名利追逐中自怨自艾和自苦，卻不怕出了名像肥豬一樣被人宰殺掉，真怪。古話說：「千古以下未有不好名者。」好名不知害了多少人。舉個例子說給你聽聽——前兩天，一位病人，來本院作健康檢查，各部門都忙，當然大家不太禮遇他，他為了表示自家身分，回頭跟我們陪他的小弟說：

「你回去叫你們院長來一下，就說是江董事長找他。」因為他跟院長是老交情。接著他吩咐我們小弟說：「請你順便跟我秘書說一聲，叫他多等我一下。」小弟唯唯諾諾跑出去一瞧，那有秘書，只有一個士氣十足的駕駛。

事後小弟發表感想說：「他膨風，他不膨風，別人同樣不認識他。」

作家為了好名，拚著老命往大報擠也是為膨風，因為大報銷路廣稿費高，一旦稿子刊出，等於自己不花宣傳費便給自家打響知名度，還弄一筆優厚稿費給太太添新袋，給兒女碗裏多添兩味好菜。

「人往高處走，水往低處流。」這是人性的自然現象。誰不希望爬山爬到頂峰，縱目四望，一覽天下小呢？作家通通擠大報，一方面顯示學識能力深厚，再則表示作品水準高桿，這分力爭上游的精神，值得大家鼓掌叫好。可惜大報小報也像大機關小機關，也有學派有圈子，不像是開飯館的不怕肚子大，凡是顧客，一體歡迎。他們也有選擇，所以，擠大報擠破頭，也不見得球球中籃心：像打棒球，多數是三振出局。

我也曾經如此這般往大報擠，由於實力不夠，擠得我掉隊跛腳，恨自己怎會跟不上別人？事後想想，馬拉松競賽，冠軍只有一個，人人得冠軍，冠軍還有什麼價值？必須有人殿後，才能顯現出第一名出類拔萃，卓爾不群。寫文章既不能像走私販毒用非法手段牟取暴利，更不能用旁門左道方法出名。篇篇作品憑實力，力量不如人，當然成了敗軍之將，何苦自家給自家設隻牢籠，囚禁自己出不來，為自己釀造一分苦悶呢？

自此以後，我寫作是隨性而為，絕不害單相思，想寫即寫，想投即投，刊了拿錢，退稿當作毛筆練習紙，要那撈什子名聲作甚？所以，任何文藝集會我不參加，因為文學界沒有我這個無名小卒的位置，何必旁邊站著喝冷風，充當鼓掌部隊。

作品好壞？讓讀者去評論。這不是帝王事業，可以定於一尊。我一向以為凡不禍害國家社會和蒼生的作品都是好作品，沒有大報小報的分別。

文學是苦悶的象徵，我這個沒頭沒腦的人當然有苦悶，打人犯傷害罪；修理太太會鬧家變；出國旅遊，沒錢；有苦悶，只好寫作，寫好寫壞，反正是宣洩苦悶嘛！

顧問

年紀老，可能惟一的好處就是有資格當顧問。

凡是顧問人物，當然是能力強、學識好、智慧高、經驗豐富、處理事情的方法多。

老張在服務單位，也算是顧問人物。老張讀書讀得多，閱歷深，還有一份出生入死的戰鬥人生經驗，和一顆與人為善的心。

各位別以為老張在工作單位只是拿乾薪，有事才上班，沒事搓八圈。實際上，他每日六時起床，八點鐘以前準時坐上辦公桌；下午五點正規規矩矩下班回家，除了假日，凡是他應享的休假權利全放棄，他熱愛工作，熱愛團體，就像他當年穿二尺半一樣本性不改，自己分內的事他當然做，別人的事，只要他能做的，他幾乎是搶著去做。他經常掛在嘴邊的一句話是：「單位是大家的，各盡所能，分工合作，才能把工作推動做好。」所以，單位的上上下下都敬他愛他，一致喊他叫「張叔」。

算算年齡，老張已經是祖父級人物，祖父級人物當然少不了一張慈祥的臉和一顆關懷別人的心。說得誇張一點，老張像是一顆熱球，隨時隨地有分光和熱輻射出去。

張太太和兒女看不慣他那副德性，一致說他是「雞婆」。老張以為我們這個社會「雞婆」的人太少，所以弄得是非不分，善惡不明。假如大家都「雞婆」，凡事動手動腳一起來，那會省卻多少是非，也會增進社會更多和諧與吉祥。

老張以為人與人相處，不需要刻意去做公關，只要不封閉自己，常常關注別人，自然而然便會得到對方的信任和友情回報。

也許是他這副「雞婆」德性的原因，單位的男男女女都與他相處融洽，大小事情總會找他拿個主意，文字方面的工作也多找他效勞。

一天，一位新婚不久的小姐，帶著一臉沮喪的神情去找他，她不先談問題，反而問老張說：「張叔，你們夫婦相處數十年而不起爭執，究竟用的是什麼秘訣？」

老張朝她凝視片刻，毫不遲疑回答她說：「沒有什麼特別秘訣，只是我對她忠實，她對我忠實。」

她沉吟俄頃，兩滴淚珠潸然下落。「他對我不忠實。」

「你們新婚未久，你又長得如此漂亮能幹，他有什麼不滿足？」

「他戀著他那位老情人。」

老張問清楚她的前因後果，然後告訴她說：「婚姻是份事業，必須好好經營。對象既然是你自己選擇的，你必須無怨無悔去經營這份事業，今後，你用柔情去栓住他，用耐心等待他，用各方面的優點去戰勝情敵。萬一婚姻失敗，也該提早為自己作失敗後的生活規劃。」

這些話原是老生常談，說來容易做來難，效果如何？老張不得而知，不過老張以後不曾看到她成日苦喪著臉，而且經常聽見她響亮的笑聲。

年輕男女最感困惱的事，八成是情感問題，畢竟老張曾經走過漫長的人生道，在硝煙烽火中看盡了生死得失的人生場面，親身體驗加上觀察所得，很能為年輕人提供一些意見作參考。

現在的年輕男女，比老張那一代都早熟，十八九歲便能懂得許多人生大道理，分析事物也很深刻，一旦遇到盲點，他們仍然去找老張討對策。

那天，他正全神貫注讀「晉史」，一位小女孩悄悄坐在他桌前他尚未察覺，待他抬頭一瞧，她忽然悶頭悶腦問他說：

「張叔！你給我一點意見好不好？」

「什麼事？你說給我聽聽。」

「他上進、品德好、做事勤快，也有愛心，他愛我，我愛他可不可以？」

「當然可以，一個人品好有愛心的男孩，有時很難找到。」

「有幾位同事勸我要慎重考慮。」

「為什麼？」

「他們說他的家境不太好。」

老張搖搖頭表示不贊同，他說：「王永慶年輕時也沒有錢。國泰財團是最近二三十年才發達起來的。誰一出娘胎就把財富帶來了？俗話說：將相本無種，男兒當自強。每個人的前面都有自己一片天地。」

小女孩突然開朗地笑道：「謝謝張叔。」走了幾步，忽又回過頭說：「張叔，你知不知道？我們大家都喊你作顧問耶！」

此後，單位的男男女女，每有疑難雜症，總會找老張談，老張也會不厭其煩地替他們指點迷津，提供意見。

他們把老張當作父執輩質疑問難，老張當然竭盡智慮為他們籌謨劃策，有時候一句話，一項深入分析，真能為他們點破迷執，解開心理上的疑團，看到他們疑慮盡釋的笑臉，老張也格外快樂。

活了一把年紀，活到能當年輕人的顧問，表示老張心理不老，他的日子過得豐富而踏實，心情開朗，日日是春天。看他成天手不釋卷的精神，誰都肯定他夠資格當顧問。

快樂長在心裏

說老嘛！自己思想敏捷，反應快速，身強體壯，手腳俐落。說不老嘛！已經到了退休年齡。幸好心情還是三四十年前的心情。人家說我是「人老心不老」。人活著最怕心老，心老等於葉落根枯，了無生機，也少生趣。我這顆不老之心，一生不曾拈花惹草，偷腥盜羶，卻是一顆充滿了歡樂和純真的不老心。有人說我是個老頑童，我則自以為自己是木柵動物園豢養的一隻老猴子，跳、蹦、吃、玩，數十年不曾改變那副舊猴性。

社會在變，人的價值觀和處世方法也在變，我不能力挽狂瀾，振奮人心去改變社會，就只有以不變應萬變，一直保持自己那顆清明在躬的心。別看輕這顆拳頭大的心，它卻能包舉四海而囊括宇宙，也能輻射熱力感染別人。

代溝是最近幾年內興起的新名詞。我們中國人最會粉飾太平，妝點門面，明明有代溝在，偏偏嘴硬強說沒有。兒子穿耳洞戴耳環、打電玩、飆車，教他訓他，他全當耳邊風，那不是代溝是什麼？尤其是父子母女之間的代溝更明顯。至於沒有血緣關係的長幼間的代溝，尚不至於楚河漢界，壁壘森嚴。我這個人雖然保守卻不頑固，在家裏我是放任與管制並行，放得鬆些趕緊收，收得緊些趕快放，沒有兩天打魚三天曬網的怠惰，倒像出家人做早晚課，一次都不能缺。在工作單位，我更沒代溝這個觀念，自己瘋言瘋話，童心不減，因而交了許多年輕朋友，他們跟我聊心事話趣事，天天歡笑一籮筐。

我與年輕朋友相處的原則是不自抬身價，妄自尊大；也不自造標準，指責別人。自己一生無成，那有身價好自抬？一生為討三餐而看人眼色，深深感到別人晴時多雲的臉色不好受，豈能再給年輕人一張川劇的變臉戲？再說年輕人像是一塊粗鐵，要把他們煉冶成利劍，不能用紅炭烈火，必須保持一定的常溫，洗去雜質，長期熬煉，才能火候到而鋒刃出。我採取這種招法與他們相處，多少有點文火燜爛肉的功夫，結果，他們有了敬業樂群的精神，與人為善的作為，態度活了，嘴也甜了……他們個個喊我叫做老頑童。

前天一位陌生女孩來單位會晤男朋友，這位年輕朋友有意規避她而存心爽約。我看小姐一副坐立不安的神態，問清原委，我居然雞婆似的與她長談了半個小時，我自做人做事、談戀愛、處家庭以及讀書進修，尤其是男女雙方交往的原則和選擇對象先決條件，幾乎是傾囊相授；六十多年的人生精華，全匯聚在那一席話裏。小女孩二十出頭，別看她年齡小，倒也有許多出人意表的見解，平實中多一分犀利，平凡中富不少灼真，是一位賢妻良母型的好女孩。

半個小時閒談，我們居然泯除了陌生界限，我也倚老賣老當作父執輩與她侃侃開訓。臨走時，她歡歡喜喜說出她心裏的感受。她說：

「侯叔，你是一位可愛而又快樂的老人。」

我一生不求名利，不患得失，僅以飽暖為滿足，當然快樂。至於可愛那就未必見得，像我結褵三十五年的老妻，經常罵我「可恨可惡」。她的生活標準太苛酷，客廳拖鞋不能穿進廚房浴室，洗澡毛巾不能擦濕拖鞋，事事有限制，處處有規條，我不但是暗中違逆，而且是明目張膽抗爭，豈非可恨可惡。每遭老妻數落，我則充耳不聞，任她雷大雨烈風勢狂。兒女看我這番小媳婦相，都說：「老爸好可憐」。至於可愛，那就有點過譽了，我個矮身瘦貌寢陋，年輕時，女孩見我如見瘟神，躲之不遑，那有可愛處？年將就木，反而有人說我可愛。自己回顧一生素不作偽的本來相，加上大小事情雞婆性格，可能多少有些可愛處。

次日，英俊瀟灑的年輕男孩回來，我把昨天女孩赴約的焦急情形說給他聽，他不但無動於衷，反而說她是自作多情。我非常生氣的指謫他說：

「立身處世最重要的是真誠，尤其是男女交往，不能戲弄，不能欺騙，不要給人一分希望最後又讓她絕望，誤了人家的一生。」

他無可無不可的笑笑。我想，不管他能不能接受我的意見？一旦當他良知抬頭，他應該不會欺騙人的情感。

沒多久，另兩位小女孩找我談感情問題。十幾歲的稚嫩小女子，面對險惡的人世，不說別的，單以詭譎莫測的愛情而言，就叫她心境不得安寧。於是，我像老猴子教導小猴子爬樹覓食一樣，告訴他們如何小心攀緣，才能避免自樹梢跌下來而又摘到果子，如何防止蛇蠍猛獸的偷襲才能快快樂樂活下去。兩個小女孩的臉上浮現了無翳無塵的笑容，離開時給我桌前擱下一張字條說：「特聘侯叔為心理諮商顧問」。

錢這個東西既可愛又可恨，人要有錢，會做出許多好事也能幹出許多壞事，問題是看人用何種態度使用它？不管可愛或是可恨？中外古今人人都在追求金錢，為錢而喜為錢而苦，窮盡一生歲月都在錢眼裏翻騰，可見它的魅力之大。有錢人十萬百萬沒看在眼裏，像我這個升斗小民，一百元便是一張大鈔，既然不能走私販毒養肥自己，只有自省儉中為自家留下一點用錢的活餘地。因為自己一生窮苦，眼看到擁有三百多擔水田的父親仍然被共黨活活餓死，因之，自己對金錢的態度是既不窮凶極惡去爭取它，也不故作清高去鄙視它，反正是錢多多用，錢少少用，沒錢則不用。十元百元省下來的結果，居然為自己買了一戶房子，為兒女完成婚嫁，雖不風光，倒也莊嚴隆重。

兒子結婚，我發了一百多張帖子，結果是好朋友全部到齊，情分不夠的，我既未下請柬，請了他們也不來，交情厚薄？人情冷暖？倒是測驗出結果來。友情必須種在沃土上才能發芽壯大，荒瘠地長不出友情的新芽來。估高估低？自己心裏應該有個譜，切莫開高走低弄得自己臉上無光。

自己最慶幸的是沒有過高的生活慾望，三餐溫飽就覺富有餘。窮富沒有一定的標準，心富則財富，心窮則財窮，快樂全在自家心裏，那待外求？

人親土亦親

本省夏秋氣溫，超過攝氏四十度的日子，一年也只一兩天，海洋氣候有海風調節，最熱的天候，也覺得涼風拂面，遍體暢適；要是午間突然來場陣雨，燠熱盡除，整個下午更覺得涼爽宜人。不像大陸性氣候，乾燥悶熱，有時悶得連喘氣都覺得是分負擔。

星期假日，孩子們開車到野外玩，車內吹著拂拂冷氣，當然覺得舒爽；一旦走出車外，即覺陽光酷烈，熱風撲面，紛紛叫喊：「吃不消。」

今天，本省的富裕生活，把孩子都養嬌貴了，四體不動，五穀不分，多數人都少一分泥土性，缺少泥土性就缺少一種吃苦耐勞，實際穩重的德性。

目前，尚屬夏季剛剛開始，論理，最熱也熱不過秋老虎。記得湖南老家，收穫季節恰好是中元節前後，那時正當秋老虎逞威盛期。我天天跟著大哥哥在稻田裏割禾打穀，一到正午，陽光當著頭頂照，有如頂著一座熱爐，烤得人眼冒金星，汗淋如雨；一個月農事忙下來，整個身子曬成黑褐色，黑裏透油，雨潑打在身上，像是撲在油布上，不沾半點水漬就滑走了。每日最期盼的就是彤雲密集，更望陣雨驟至，驅除暑意，若是陣雨不來，能有幾朵彤雲冉冉飛過，遮住陽光，帶來一陣蔭涼，也覺是樁快意事。

沒有種過田，不知道農人起早睡晚、沐風櫛雨的辛勞。記得讀小學時，每餐飯前，我們多才多藝的周恒謙老師領我們唸一首詩——

鋤禾日當午，汗滴禾下土，誰知盤中飧，粒粒皆辛苦。

當時，年輕無知，等如小和尚唸經，有口無心，那能領略得農人耕作辛勞。直待到自己下田耕作，尤其是七月盛暑收穫季節，大汗如瀋，滴滴跌在泥土上，雖未聽見鏘然有聲，卻能看到足下泥土汗濕一片。

中外古今的農人都戀土，儘管耕作辛苦，而且付出的多回收的少，與礦工一樣，物質享受較任何階層都低。而且旱澇蝗螟，隨時可能噬滅一年辛勞成果。但他們卻始終忠實自己的工作與土地，耕作不輟，辛勤不怠，為我們生產糧蔬瓜果，飼養豬羊雞鴨，讓我們飽食之餘，還能恣縱口腹之慾，貪嗜五味之奇。土地也不辜負農人的熱情，只要你付出一分努力，它就回報你一分成果。

古話說：「農為國本」，在農業社會，衣食稅收全部仰賴農民輸給，然而農民的地位卻始終不曾提昇。等工商業抬頭，國家稅收卻以工商業為大宗，農民的地位更是等而下之了。誠懇樸實的農民，始終不曾為自己的權益而抗爭，他們依然默默耕作，寧可他人辜負自己，也不願自己辜負土地。

土地性品自然樸實，素不矯作，千億年都是如此。我們批評人「土氣」，雖含些微褒貶意味，實際上卻是尊敬他那份自然樸實的風格。多少人在官宦途中享盡一呼百諾的風光，在權力鬥爭中也飽嚐浮沉冷落的滋味，當看遍人世間的冷熱嘴臉，經歷過夷險擠迫宦途後，繁華夢醒，他仍然回到他那以生以長的地方，土地從來不拒絕他，雖然他不親自耒耜，卻從親鄰戚友的耕作中，領略土地的可愛處，沒有傾軋，不須奉承，土地最親，農民的生活永遠無爭而寧靜。

人的貪欲無窮，尤其是年輕時，雄心壯志幾可與雲天比高，待歷盡坎坷，才能瞭然人之一生，食不過三餐，睡不過一榻，五音五味，只是感官上的一時快意，要是心靈空虛，錦衣玉食、巨第華廈，嬌妻美妾……都是黃粱一夢，待走到人生盡頭，個個撒手西歸，誰曾帶走一針一線？只有農民，他不忮不求，不爭不較，踏踏實實生活，本本分分為人，忠實勤勞付出，不冀非分妄得。他的人生就像土地一樣，永遠自然而真實，厚重而恬然。

本省年收兩季，目前，農村已見稻苗葱翠，欣欣向榮，未幾就將粒穗垂纍，打谷機處處軋軋作聲，農事雖然忙碌，每張臉上都是笑容可掬，農事苦雖苦，心底卻格外踏實。

農民朋友們，辛苦了，我愛你們，我更敬重你們。假如我有一塊農地，那多好，我會像你們一樣，必然是位熱愛耕作的好農民。

天下美味莫若粥

大陸十幾億人口，填飽肚子就是一樁大事。

中共沒有當權以前，我國人口不到目前的一半，可說是地廣人稀，物產富饒，由於農業科技不進步，牛耕手鋤，一年生產仍然不夠填飽肚皮，親朋戚友見面，第一句話就是問：

「吃飽了沒有？」

今日，十幾億人口的大陸，據說吃不飽的同胞仍然有兩千萬。

為吃飽肚皮而傷神，不僅大陸如此，豐衣足食、生活水準極高的臺灣，彼此見面也會問：

「呷罷未？」

可見填飽肚子是件大事，只要吃飽了，那就天下太平。自耕自給，尚且難求一飽，替人幹活端人碗，事事仰人鼻息，聽人差遣，那碗飯更難吃。吃飯難呀！

我國以農立國，先聖先賢一再強調「國以民為本，民以食為天」。歷代帝王凡是重視民生樂利，知道休養生息的，莫不天下太平。老百姓求什麼？原只求個太平日子。一旦輸調頻繁，兵戎不息，壯年的投軍輸役，剩下老弱婦孺，種得幾塊殘田，一年收成仍得交稅納糧，剩下幾擔毛穀，不搭雜糧，鐵定熬不到明年豐熟。偌大一塊地沃物豐的錦繡河山，幾千年來一直在鬧窮喊餓。

我家自耕自種有一百多擔水田，收成以後，上交糧稅，紅白喜事，鹽油雜支，到了次年荒月，父母依然為沒米下鍋而愁得揪心搔頭。為了一家大小肚皮不造反作亂起見，父母規定地瓜熟時摻地瓜，地瓜豐收時，曬成藷乾，到了嚴冬臘月，藷乾和飯煮，雖不上味，倒也充飢。地瓜磨粉製成粉皮後，把剩下的藷渣曬乾成餅，一到荒月，把藷餅調水蒸熟，亦可填飽肚子。

至於每日早餐吃粥，那是歷代相傳的家規，繩繩不絕，不可廢止。

我家耕種一百多擔水田，尚且天天為三餐發愁，佃農貧農呢？一到穀熟，金黃色的穀子，不是輸進東家穀倉，就是還了宿債，一年辛勞，仍得為窮餓發愁。老爸擔心兒孫成餓殍，一生省吃儉用買進三百多擔水田，最後，仍然逃不過毛澤東治下的餓殍命運。

中共在那種翻天覆地的日子裏沒有崩潰，毛澤東真是一個玩人民於股掌之上的「偉大政治魔術家」。

由於自小吃粥長大，如今自己活了一把年紀，依然把吃粥當作一份生活享受。

本省產甘藷，質柔味甜，一鍋粥擱下一兩隻甘藷，米的清香加上藷的香甜，味道之美，即使山珍海味羅列在前，我也會捨山珍海味而就這餐甘藷粥。

廣東友朋善於烹調，粥裏摻進肉末、芹菜、雞蛋，就是馳名遐邇的廣東粥。有人把廣東粥改良，再以其他葷腥調製，又成了別有滋味的另一種粥品。我家那位作古已然半年多的老岳母，她善調莧菜粥，綠玉般顏色，吃起來特別清淡可口。我家老二擅長絲瓜粥，幾與她老祖母的莧菜粥並駕齊驅，不稍多讓。粥技愈翻愈新，我的口福不淺。

粥清淡而易於消化，油膩吃多了，換吃一餐粥，真覺滋味無窮。若是病後，一碗清粥，兩味小菜，既引人饞慾，又調養身體，平凡中獨多一分風格。就像一位素鄙名利的高儒，素服布履，行止自然，較之那些紅塵逐波客，雅俗之間，判然可別。

近年，全省餐飲業推行「吃到飽為止」的消費，年輕人如響斯應，趨之若鶩。我們夫婦拗不過兒女的盛情，也跟著去了幾次「吃到飽為止」。那種場合，葷素、冷熱、中西俱備，場地高雅，只見饕餮客來回搬運食物，鼓腹大嚼，男男女女如此豪勇，不怕犧牲，自己輸人不能輸陣，跟著來回奔波於菜餚與餐桌之間，不吃不甘心，吃了可傷心，回到家後，總覺負擔太重，全身不舒服。此後，任何「吃到飽為止」的邀請，一律峻拒之外，而且還嚴詞厲語喝斥一番。

曾文正公訓誡兒女說：「有勢不可使盡，有福不可享盡」。吃到飽為止何嘗不是享盡吃的福分？今日佔了便宜，明日必然付出代價。把整個人的健康讓口腹之慾糟蹋，不值得。

立身處世，貴能恰如其分，做人不過分，做事不過分，吃穿用都不過分，留個有餘不盡的後福慢慢享用，那才是種真福分，大學問。

比如吃飯，餐餐珍饈，天天應酬，那豈是一種享受？簡直就是活受罪。清茶淡飯，葷素數品，也堪酣飽養生。若是兩碗清粥，數味小菜，清清淡淡，淺淺品嚐，自淡泊中領略那分綿長的生活滋味，更是餘味無窮。

人生不枯燥，生活不單調，茹素食葷，皆有其樂；種田讀書，都有它的生命境界，不需要這山望到那山高，自疚事事不如人。

一生喫粥喫慣了，所以，我一直強調「天下至味莫若粥」。雖非哲理，卻有道理。

生命的初衷

生與死站在兩端遙遙相望，各持姿態，彼此抗衡，卻又暗通款曲，偷偷握手言歡。

任何生命，自起步那天開始就在一步步接近死亡，這其中沒有貧富、貴賤、尊卑、主奴等等的差別，每一種生物同等接受這項自然律則。正因為如此公平和自然，所以，哲學家和宗教家對生死都有不同的參悟和註釋，對生命的苦樂也有不同的解釋和處理方法。

生命歷程長短不同，有長至耆老百齡，有短至朝生夕死。大底天秉較厚的人，享壽必高；天秉較弱者，自然一生多病，享壽則暫。這種天秉，自生命孕育的那一剎那便已賦予，加上後天環境的調適，於是，注定了這個生命的修短與強弱。

追求長生的心理，幾乎是古今中外相同。活著是分快樂，生命是分喜悅。因為誰都不能避免生命終結，因之，有人無法看破死亡，便在活著的日子裏，或因父祖餘蔭，或因自己創業有成，縱情錦衣玉食，恣欲美姬華屋，享受生命的至樂。有人鑑於生命得來不易，因而，一生都在辛辛苦苦經營生命，美化生命，豐富生命，讓短暫的一生，不但意義重大，光輝鑑人，更因為自己的存在而讓其他生命蒙受澤麻。在不可能獲得長生不死之際，不管你走得匆忙或遲延？不管你在享受生命或奉獻生命？不管你把生命當作享樂或者當作苦修？到最後一句鐘聲戛然而止時，大家同歸寂滅。這裏面有個最大的差別是有人一生作了最大的付出，他在後人的心目中，雖死猶生。有人一生只取不予，他的死亡給人帶來一分意外的慶幸和喜悅。

多數人因為體悟生命得來不易，因而把一生歲月全放在發光發熱的磨礪上，磨礪功夫愈深，光熱愈強，生命的輻射力也愈大。活著不僅為自己和家室兒女，更要旁顧到社會人群和國家民族，因之，在生死義利的辨別上他們最清楚，活長活短，對他們而言也並不十分重要。

古話說：「人生七十古來稀。」其實生命何必在乎長短？只要活得熱烈，活得起勁，活得坦泰，活得有價值，短暫也是永恆。把生命當作遊戲，當作享樂，只取不予，即使活得最長久，那都是人生社會的負債和損害。

奉獻並不在乎多寡，只要你在奉獻。為生命的光熱加溫，你就是人類文化進步和社會溫暖的一分助力。

進步的醫藥和健康的生活環境，給人類帶來最大的福音是普遍的長壽，由於長壽便不免產生兩大現象，一是為社會人群甘於付出的人活得愈長，別人受益便愈多。相反的，一生只取不予的人，活得愈長，對社會的損害則愈大。在這社會損益表上，不免顯示前者締造的績效為後者所抵銷了。好在自古至今予比取的人多，在歷史帳面上依然是盈餘多過虧損。

古人因為生活環境和醫藥落後，多少有為的生命一旦走進壯年便不免凋萎幻化，能夠進入耄耋高齡的人並不太多。也許他們感受到生命太無常太短促，因之，自少年開始便汲汲經營生命，鑄造生命，壯大生命，等邁入三、五十之間，學問、事功和人生修養，也已圓融成熟，臻入化境。今日，我們由於壽命延長，活到七、八十則是一樁稀鬆平常的事。活得愈長，應該對國家社會貢獻愈大才對，很不幸有人利用長壽和機緣無所不用其極刮剝國家社會的政經利益；有人則在官能縱欲之餘，卻把生命視作一種負擔。造物主創造生命的初衷，應該是互助互利同享生命幸福，不知造物主對這兩型人物是感嘆還是懊惱？

請客

人與人的交往叫交際。

初民時代，大約彼此打聲招呼就算盡禮。等到進入漁獵時代，魚豐獸繁，罟網不匱，想到常常見面的某個人，曾在一塊捕過魚，獵過獸，若得豐收，便不免送他幾尾魚，或一肩一蹄肉表示情感，於是饋贈的事情便發生了，你來我往，演變成為社交禮儀。待到燧人氏鑽木取火，由生食進入熟食；再加上儀狄造美酒，大家可以一面啖肉食魚，一面飲酒唱歌跳舞以助興，筵食宴客的事情可能從這個時代產生了。

時至今日，一般稱謂人與人的交往叫應酬，叫酬酢。

應酬自然是有來有往，酬酢免不了飲酒呷肉，你宴我，我回請你，情感愈結愈厚，飯桌如牌桌，許多盤根錯節的問題，往往一飯而解，一牌而消。若是來而不往，便為非禮。

農業社會請客，比較單純而富人情味。

請春酒，只為聯絡親鄰戚友的情感，有請有回，杯酒聯歡，皆大歡喜；請新娘，表示歡迎之意；請即將出閣的姑娘，則有餞別之舉；其他如婚喪喜慶，跟今天相同，被請的雖掏腰包，卻非花錢買餐飯吃；而是大家湊錢助人辦完一樁非獨力所能完成的大事，含有互助互愛的意思。

還有一樁宴客，是雙方面發生糾葛，一方有理而受屈，一方無理而逞強，爭執不下，互不相讓，經過德高望重的縉紳裁定無理一方請一兩桌酒席表示歉意，到時候，三方到齊，舉觴為敬，免去興訟的後患，就此大事化小，小事化無，息事寧人，不再瓜瓜葛葛，糾纏不清。酒飯雖然吃得不愉快，卻為社會解決不少紛爭擾攘的問題。

工商社會，一切傳統習慣都打亂了，請客少有農業社會那分淳厚味。酒席擺出來，總有一個目的，不是求事，就是求人。拿人家的手短，吃人家的嘴軟，明明知道會無好會，宴無好宴，礙於情面，不去不行，只有硬著頭皮赴宴，酒酣耳熱之後，辦不通的事亦得非辦不可，真是酒菜之用大矣哉！

請客是門大學問，有人以專擅請客之道而顯達尊榮者，此非異數，實在有他專精宴客的造詣在。今日，社會富足，請客已不十分重視吃喝，不懂得箇中三昧，雖花錢財，仍然舉座無歡，非敗興不可。

請客先要研究地點，再則研究菜餚，次則研究被請客人。

宴客地點要沒停車場，赴宴賓客繞了一大圈無地停車，一肚皮火氣往外冒，酒也喝不舒服，飯也吃不安逸，這餐飯吃得食不下嚥，怨氣難消，主人一番盛意成了白張羅，一片好心變成牛肝馬肺，搞砸了事情，滿胸臆晦氣。

我國菜餚素稱世界之冠，法國菜名盛而實不彰，重排場，多虛文，只能滿足面子，不能滿足腸胃；那像我們山珍海味，雜陳駢出，連四腳蛇猴腦都可入味，真是吃得出神入化，腥穢不避。

另方面南菜與北菜不同，海味與山珍有別，看客人選菜餚，要投其所好。客人愛吃海鮮，你要請他吃北館，味不投趣，等於話不投機，花了錢叫人吃得不舒服，因小失大，請客的效果打了大折扣，不合算。

選酒也得煞費思量，等於看人說話，見人卜卦。高品客人喝洋酒，愈貴表示愈有敬意。低品客人喝國產酒，不計價格高低！不較酒味厚薄！反正有酒可喝，有觴可舉，便已表示敬意，毋庸那番講究。酒的價值很難作優劣肯定，儀狄進旨酒，大禹嚐而味美，不由慨嘆地說：「後世必有以酒亡其國者。」因酒亡國的歷史事例有而不多，因酒而亡身的事，則是所在多有，屢見不鮮。

國人不懂品酒，只會喝酒，不管酒的年份有多久遠？酒的價格多高低？開瓶之後，立刻巨觥大杯，滿斟滿飲，稱之為倒酒灌酒，沒有什麼不妥當。古人飲酒講究淺斟慢酌，猜拳行令；極盡風雅之能事。今天，大家搶時間賺錢，既沒太多的時間耗在飯桌上，粗獷的猜拳主在助長酒興，文質彬彬的行令，既沒此分雅好，也少這分修養。一上桌，立刻牛飲馬喝，敬一杯陪三杯，盡興之後，還要互不認輸再飲數觥，直到喝得酩酊大醉，神智不清，然後互相叫罵，拳打腳踢，翻桌摔椅，場面大亂，雙方掛彩而後已。喝酒喝到這種地步，真是一件煞風景的事。

選客人也是一門大學問，不但要估量被請客人地位財勢要相當，還要彼此相識而且曾經互通過款曲方合趣味，物以類聚，客也應當類聚才能投緣合味；最好是職業相同，萬一職業有別，也要權位相埒，或同學、或同事，或有姻親關係。達官配工商鉅子，顯要配文教聞人，方不互相辱沒，彼此無分軒輊，可作抗衡。如果主客與陪客地位不相稱，財勢不相等，一個氣燄高張，不可一世；一個低首下心，藏頭露尾；畸輕畸重，高底不同，這頓飯吃起來絕對會患消化不良症。

很多人最愛赴宴，因為在宴會中一則可以多結交朋友，再則酒酣耳熱之餘，可以盡興談論，發抒己見，吃得少說得多，縱橫捭闔，躊躇滿志，也是馳騁情懷方法之一。有些人最怕應酬，一則人頭不熟，再則口才不好，三則怕熱鬧場合，愈熱鬧愈覺寂寞。不該笑的時候要強打哈哈；該笑的時候更要拊掌稱快；不懂的事情要表示懂；懂的事情更要發表一些高見，表示自己深入問題有學問；敬酒時要風趣要肉麻，接受敬酒時更要豪興勃發，連飲數觥而面不改色，屈己從人，討人歡喜。這種宴會，不叫做享受口福，簡直叫做活受罪。

不曉得古人有沒有強迫請客的事情？今日，強迫請客的事好像已變成社會歪風。託人辦事，受託一方雖然未曾明說，言語之間多少會暗示你意思意思——不吃就要拿。一些流氓豪猾輩，三五成羣，進了餐廳酒店，叫酒叫菜叫女人，酒醉飯飽之後，嘴巴一抹說：「記賬。」全都是一羣喝別人血活著的寄生蟲，記誰的賬？要是老闆不願意，一光火，非打即殺，把餐廳桌椅裝潢砸個稀巴爛，待警察趕到，他們早作鳥獸散。這些兇神惡煞，第一次得逞，下次不請自來，次次揩油，請既不甘心，不請又得遭殃，懾於淫威，敢怒而不敢言，真是送不走的惡鬼，還不清的冤債。

還有一種強迫請客的方式是吃罷以後，電話通知某某付賬，不付賬非打即砸，甚者拿著刀子硬捅人；一個吃得滿嘴淌油，一個付賬付得心痛如絞。把自己歡樂加諸在別人痛苦上，這種飯吃起來不知怎能下嚥！

每年六月的謝師宴，是餐廳一筆大生意。

記得自己讀書時，因為農村經濟窮困，小學畢業根本沒有謝師宴，師範畢業時的謝師宴，也由學校預備籌劃，全部張羅。師生斯斯文文上桌，斯斯文文敬酒，因為師徒如父子，恩深情厚，一餐飯吃下來，想到驪歌高唱，不知何日何時才能見面？師生分離同窗星散，傷感之餘，不由欷嘘落淚，痛哭失聲。那種眼淚拌鼻涕的宴會，只有當年才有，今也則亡。

今日的謝師宴，據說有些是授意的。工商業社會，大家重利害而輕情義，老師現實，學生也現實，老師在那廂桌上觥籌交錯，學生在這廂暗自罵人了。不過，師生一場，畢竟是分緣，不管老師傳道、授業、解惑有多少？他們一心指望學生向上向善、出人頭地的心情古今如一，始終不變。出於感恩的謝師宴絕對不能省。不敬師，怎麼為人？不謝師，豈知是非？這羣老師客人，絕對非請不可，一方是敬愛無已，一方是受之無愧，酒薄情味重，菜歉謝意濃，意義深長，這種錢花得才有代價。

各人手上一把尺

我們評論事情，月旦人物，常常以自己的標準為標準，不曾顧慮到當時環境和事情發展的各項客觀因素，強是為非，或者強非為是，使遭受評斷到的事情和人物，往往失之毫厘，差以千里，而失去了原本的真象。

今天，我們所處的這個時代，多少事情因為人的因素而把時代扭曲了，變得荒謬而毫無正義感，即以報繳所得稅來說，大財團大工商業拚命想法子逃稅，月入僅篋篋之數的受薪階級反而踴躍申報所得；政治被金錢污染被黑道把持，無告無援的善良百姓那有出頭天？一切在金錢和民意壟斷之下，大家都迷失了。尤其是我們這些昏瞀無知的市井小民，常常不免要問：「究竟什麼是對？什麼是錯？什麼是白？什麼是黑？」我們究該何去何從？

大家都在企圖追求真理，由於各人的出發點不同，在追求真理的過程中常常迷失方向。大家都在尋找歷史真象，卻因自己的尺寸長短不同而使歷史真象更加混淆，使後人看到的只是一些經過有心人士改造粉飾的歷史，所以歷來都有人批評「正史不真」，野史或能找到一些當時史實的蛛絲馬跡。大體上說，不管怎樣巧飾歷史，正史依然有它犖犖大端的正確性，不全對也不全錯。遠的不論，即以最近數十年的史事來說，我們都為活在人世，都曾耳聞目睹當時事象，突然間，我們卻忘了當年鑄造歷史人物苦心孤詣為同胞所付出的心血和勞苦，為抵擋中共「血洗臺灣」災劫而奉獻出的心力和智慧。不管當時如何處置失當，事實上應該是功大於過，是多於非。遺憾的是真正寫歷史的人成了罪人，部分有權更改歷史的人反而成了英雄。眾口可以鑠金，是非卻在人心；正義可以暫時隱沒，真理終歸是真理。

中華民族是一支最優秀的民族，可惜我們現在也會「忘恩負義」了，不忘恩負義，李總統登輝先生便不會勉勵大家要「飲水思源」、「吃果子拜樹頭」。一個不知感恩的民族，或許在目前可以躊躇滿志於一時，內心失卻一分與人為善的德性，終久不能為世界正義所接納，為歷史所肯定。一向默默無聲的群眾，其中必然不乏正義之士，他們的筆底，或許會留下正義之聲，讓後人追迹溯源，找到探討的點點滴滴。

二二八確實是我們歷史上的一場大不幸，民族情感受傷，同胞心靈瀝血。可惜我們今日大家只追究後果，不問它的始因，只問這場不幸事件中死了多少傑出人物，不問它在過程中究竟摻雜了多少複雜因素，當兩岸正在以和談代替對立，以貿易代替戰爭，商人紛紛把資金投入大陸賺取高利潤的同時，於是，再也沒有人問在那岌岌可危的當年，中共究竟投入了多少人力興風作浪的真象。

我們為許多傑出人士的犧牲而惋惜，他們抱持滿懷理想和正義感，希望挽救臺灣使臺灣變得更好，很不幸中途卻被一群野心家利用了他們單純的理想和正義感。他們在明裏吶喊鼓譟，衝鋒陷陣，暗裏卻被別人操縱提調而不自知。政府也失卻辨別黑白忠奸的清明智慧，不該殺的也殺了。

白色恐怖確實叫人恐怖，也令許多英傑之士平白受辜。以今日的尺度評論白色恐怖，當然人人都覺得厭惡。如果我們易地而處，想想中共當年時時存著「血洗臺灣」的仇恨，數百萬軍隊佈置在粵閩浙沿海一帶，每一項軍經行動都是為掠奪臺灣而設計，每一門砲口和槍口都對準臺灣軍民的腦袋。政府為免除臺灣赤化，免除臺灣軍民同胞遭受三反五反、三面紅旗、大躍進、人民公社等等災劫，不能不清除一些可能致亂的因素，情不得已，不得不爾。如不防制亂源，一旦臺灣被顛覆，政治人物和金主地主，早已人頭落地，土地收歸國有，那讓你有建工廠炒地皮的份；今日擔當政治重任和在議壇上叱吒風雲的人物，可能已經下放到邊圉 塞外當苦力，財團要角搞保險和航運大發其財的可能性也不在了。災難過了，我們卻以欲加之罪何患無詞的態度誅求當年主政者，而不平心靜氣探討「何以致之」的原因。我們何嘗不是犯了以自己的尺寸衡量歷史事件的錯誤。

當年的政治人物可能犯了錯，但犯錯有他犯錯的時代背景和捨小保大的顧慮。我們若是存心掩蓋歷史真象，只在枝枝節節上大做文章，甚至推翻前人的付出和貢獻，在做人做事的大道理上未免有失厚道。

當年反共是為大家要活下去，不反共只有死路一條，今日，反共也成了罪案之一，這個時代豈非荒謬可笑，這種世道人心豈非顛倒黑白，以非為是。

他們已經走進了歷史，卻不幸背著後人加給他們的罪過而受人指指點點，甚至於侮辱謾罵。這些走入歷史的前人，若是處在今日這個民主開放的時代，他們對國家民族的熱愛何嘗輸給我們？當也不會製造白色恐怖。若是我們處在他們那個時代，以今日這樣一種沒有標準的社會風習和褊狹人心，我們可能會製造比白色恐怖更恐怖的事來。

我常說以毛澤東那樣治事治國的手段，尚且未把中國大陸治好，清除一種亂源，再茁生另一項亂源，排除一個異己，反增十個異己，可見要使中國回歸到文景之治那種局面，不是一樁容易事。臺灣只有兩千多萬人口，看看今日人人爭著出頭的政治亂象和社會腐化的敗象，我們很為卑劣偏頗人心和自私自利的行為而痛心疾首。我們中華民族最大的惡德就是「自私」和「看不得別人好」，今日扳倒這個，明天打倒那個，英雄革命，梟傑逐鹿，都是基於這種心理而來，所以，國家大勢分久必合，合久必分，沒有一個長治久安昇平富康的盛世。假如大家都能放棄一點私心，多存一分「希望別人好」的胸襟，我們國家社會應該比今日更好。

不僅僅是我們，許多前賢往哲也常犯「各人手上一把尺」的錯誤，把自己的尺量別人的事，把今日的尺量歷史的事。光以自己的尺寸量度別人和歷史，原也無關宏旨，無如今日不少人祭出民意大纛抹煞真象，誤導群眾，讓後人在迷霧中尋找歷史根源，結果，歷史失去原貌，誰也找不到是非對錯。

記取歷史教訓，避免再生錯誤，是我們亟應做的事，同胞殺同胞，那是兄弟相殘，確實不應該。歷史已經翻了過去，我們應該以更廣闊的胸襟包容一切，不要再揭瘡疤，讓大家再痛一次。毛澤東建國之後，屠殺同胞，我們今日有誰在聲討他？臺胞是我們的同胞，大陸同胞也是我們的同胞啊！焦唐會談所達成的共識，在北平兩岸會談中，已經變成一人一把號各吹各的調，中共談判代表的高張氣燄，看準了我們地小民寡的弱點，想想慣於在談判桌上討價還價的歷史教訓，談判就是戰爭延長的中共本質，緩急疾徐隨時調整的中共談判策略，我們要是只顧翻自家歷史舊帳，對銷自己的力量，而不知團結和諧，惡運災難可能隨時而來。那時候絕對可能不少人物早已在國外做了寓公，中共最鋒利的刀斧也砍不到他們，只有讓我們這些可憐的平民百姓的腦袋瓜去充數，代替那些搶食政治大餅、搞錢財、拉山頭、炒地皮的人物去贖罪。

酒好不辭千杯醉

儀狄進旨酒，禹飲之而甘，曰：「後世必有酒以亡其國者。」遂疏儀狄而卻旨酒。大禹拒飲旨酒，他的子孫夏桀卻是沉湎麴蘗，成天酒池肉林，終於應驗老祖宗那句預言，拱手把國家讓給了商湯。

酒這東西真的妙用無窮，小至激發文思，建立彼此情感；大至敦睦邦交等等，無不在酒的催化下太平無事。武夫耽酒，可以搴旗斬將，勇不可當。文人好酒，詩情文思波浪般湧來。所以李白有「斗酒百篇」的豪情，劉伶阮籍之徒，更是「幕天席地，縱意所如，止則操卮執觚，動則挈榼提壺，唯酒是務，焉知其餘」。陶潛的「造飲必盡，期在必醉」，若是當日沒有酒精釀製他的詩趣，可能也寫不出那樣清新雅麗的詩來，今日我們也就缺少一分文化遺產。

國與國之間的交往，酒是少不了的媒介。古人把外交工作謂之為「折衝罇俎」，可見三杯兩盞下肚，彼此那張虛矯面孔卸了下來，猜拳行令、觥籌交錯之餘，該讓的讓了，該減的減了，何必臉紅脖子粗鬥個你死我活，連帶民窮才盡百姓遭殃呢？

宋太祖更把酒作了藝術運用，當他輕輕鬆鬆奪了周家天下後，最怕虎視鷹瞵的老戰友覬覦神器。趕盡殺絕於心不忍，不預作防範，又怕臥榻之旁容忍他人鼾睡。於是，擺幾桌酒席，把酒言歡之後，規勸石守信等「多積金銀，購買良好田園，令子孫不至窮苦；多買歌童舞女，日夕懽飲，藉終天年……」。次日，同僚紛紛上表稱疾，乞罷典兵，當個閒官養老。

幾桌酒席，一場酒話，就輕輕鬆鬆解除僚屬兵柄，弭平一場可能窺探神器的紛爭。

一醉解千愁

酒號瓊漿玉液，古今中外相同，品類之多，味道之醇，恐怕沒有第二種食品飲料可以比擬。一醉之後，渾然忘我，管你治亂盛衰？人溺人飢？得意失意？反正是「醉裏乾坤大，壺中日月長」。一股腦兒全忘卻，真箇是痛快之至！

自兩岸開放以後，大陸名酒紛紛渡海南來，我們公賣局自釀自製的佳釀，也在投酒客之所好下紛紛推陳出新。中華民國飲酒歷史最悠久，好酒貪杯德性最豪放，飲盡國酒之後，再喝世界名釀，品類愈多，喝酒興致愈高，掂著酒瓶，四處乾杯，喝烈酒如飲開水。果真是漪歟盛哉，好一個偉大的酒國國民。

文酒風流

喝酒有兩種類型，一種是文喝，一種為武喝。文喝則是三杯兩盞下肚，淺斟慢酌，醉翁之意原不在酒，只是品個酒味，喝個酒趣。武喝則為猜拳行令，到處乾杯，引吭高歌，極盡豪邁之樂。

我有幾位朋友，不但學問好酒品更好，他們常常相邀聚飲，誰家得了一瓶好酒，立刻廣下「酒杯帖」邀約老友集合。

這些好酒貪杯之徒，不鬧酒，不乾杯，不猜拳行令，大聲喧嘩。幾碟小菜，一隻小盅，既品酒香，復領友情溫暖，三杯兩盞飲盡，大家有些陶陶然，於是講古論今，談文道藝，把自家近日讀書所得，全部傾囊倒出，讚同的鼓掌，有異議的駁斥，問疑質難，毫不含糊，結果是學愈進而德愈粹，趣愈醇而品益清，個個都是道德學問的標竿。

我曾經聽過尹雪曼先生談與朋友打麻將的事，他說他們幾位老友打麻將，每次限定八圈，輸贏有一定數目，贏家的錢全部入公，作為日後聚餐和家人旅遊用。這種不以輸贏為目的的麻將遊戲，才是品高德粹的真正娛樂。

我那幾位朋友聚飲情形也頗類似，是一批真正懂得酒趣的風流人物。

獨酌難遣萬斛愁

人心不同，有如其面。有人愛熱鬧，有人好清靜，有人喜群居，有人嗜獨處，心性不一，難以強人相同。就像喝酒，西洋人進酒吧，日本人去酒館，我們中國人則愛在餐館中聚飲。

我的另一位朋友最愛自斟自酌，不受他人干擾。說起這位朋友，真是命運坎坷一生辛酸。

他家居陝西，二歲喪父，九歲喪母，跟著外婆過了三年，外婆又棄他而去。陝西多為黃土地，出產不饒，生活寒苦，舅舅家多了這位不事生產的外甥，本就一肚皮不快，一俟外婆棄養，立刻冷言冷語粗重活兒全歸他，他在受盡嘲諷折磨之後，小小十三歲年紀就在外面流浪。

三十八年隨軍來臺，他已是一位英俊挺拔的軍官，由於幼年時的奇特經歷，他懂得珍惜友情，知道力求上進以破愚執，結果，他結識一位年貌相當的小姐，由相識而相知，等論及婚嫁時女方父母堅決反對，千懇萬求就是不點頭，小姐一氣之下投繯自盡，他經此打擊，自此沉湎麴蘗，天天以酒澆愁。

這位朋友吹得一口好簫，每當酒後，只聽見幽幽簫聲自他家悠悠傳來，淒怨哀惻，如泣如訴，叫人悲楚難勝。

我們曾經為他介紹對象，勸他成家，他都堅決拒絕了。他說：「曾經滄海難為水，我是一生一世忘不了臺芬。」

一個困於情而耽於酒的固執人，情酒糾結，把酒澆愁愁更愁。

夜夜應酬餐餐酒

老李由喝太白酒開始，其中經過米酒、清酒、紅露、紹興、金門高粱到ＸＯ。這一路歷程，算算酒齡，整整四十五個年頭。

他喝米酒時，沒有錢，身分低，那兒醉了那兒睡，酒氣衝天，滿嘴黃話，人人都厭他。到他喝陳年紹興時，身分財富都有改善，於是，不得不講究酒品酒量，慢慢飲，淺淺酌，十分酒量八成醉，自醺醺然中討分忘我的快樂。

如今，他自土地買賣中發了迹，身上有錢朋友多，酒則改喝ＸＯ了，夜夜應酬餐餐酒，我們都喊他

「酒葫蘆」。

前幾日，老李參加營建業朋友一項聚會，一餐飯喝掉十五瓶XO，猶不過癮，大家再去酒廊買醉；待人把他送回家，他已醉得像隻睡貓。我住他家隔壁，半夜三更李太太敲門問計。我一瞧這種醉法，立刻送他去醫院急診，大夫馬上替他吊點滴。李家兒子媳婦去東南亞旅行，兩個小不點託婆婆帶，李太太無法照顧丈夫，只有託我代勞。

老李酒醉到第二天上午才醒來，走路猶覺步履踉蹌。下午我剛去一號方便，回到病室，只見老李留下一張便條說：「我要去參加營建工會理事長的生日酒會，你替我辦出院，錢請你先墊，回家我還你。」

他又趕去喝酒。

我曾經勸他戒酒，他回我說：「喝酒比賭博好，酒友愈喝愈厚，賭友愈賭愈薄。你不喝酒，不懂得喝酒的情趣，幾杯好酒下肚，不想說的敢說，不敢做的敢做，一醉之後，煩惱盡除，飄飄然如仙如佛，就是皇帝老子也不換。」

老李無酒不樂，真是唯酒是從，不知其餘；蓋亦劉伶阮籍一流人物。只可惜他的健康檢查報告顯示——他的肝臟已不太聽他使喚了。

藏書

俗話說：「家財萬貫，不如一技在身。」可見積財莫如學藝。

古人多好財貨，而不樂於學藝養身，因為財富的力量無窮，薄技只堪餬口。積得財貨，便可有身份，有地位，人人奉承，享盡風光，無往不利。一技在身，即使專精，亦只匠工而已，誰會加以青睞，特別看重呢？所以，積財的人多，學技的人少，道理在此。

人世間，偏有許多妄人，一生不愛積財好貨，卻愛大把大把鈔票花在購書藏書上。

知識即財富，知識即權威，在精神意義上並非騙人。

知識在提昇自己，壯大自己，使自己多具一分精神力量，憑著知識，可以征服無知和愚昧，那不是財富和權威是什麼？

古人搜購古籍珍本，闢室專藏的風雅人物，所在多有。這些人愛書成癖，也讀書成癖，他們以書為生命，以藏書為富有，沉醉其中，寢饋其中，知識真的豐富了他們，充實了他們。對外而言，知識沒有財富的力量大，權威的神不可測；但對他內心而言，知識確實是財富，是權威。

今日，經濟繁榮，生活富裕，國民所得日益提高，物質生活到達某一個水準後，大家便自我提昇，企圖把生活品質升高一個層面，於是，舞蹈、音樂、戲劇、道德、知識……凡是能使生活品質改善的項目，都在想法子接近它追求它，使自己能夠接受它的薰陶而變化自己。對知識的追求，也較往日為熱中，出版品的銷售量，雖比不上美日諸國，但愛好讀書的國民愈來愈多卻是事實。真的，我們不能只是一個經濟大國，軍事強國而已，我們應該還是一個文化古國，現代文化大國。

儘管國民愛書的程度遠不如愛酒愛上餐廳館那樣一擲萬元而無吝嗇，但藏書讀書的家庭，卻真正是日增無已。今天，銅臭固然薰人，書香已經滲入了銅臭，中和銅臭，使我們不再十分覺得濁重的銅臭薰人難耐。

古時候，印刷術不發達，加上交通阻梗，有心讀書人士，不是仰之於家藏，就是靠輾轉抄寫，抄寫的壞處是以訛傳訛，抄到最後，往往跟正本原文全走了樣。所以，古書偶然發現文句不通，辭意不暢，且經諸多先賢考正仍然各說各話的地方，就是這種原因。

我記得先父端莊公，就曾有許多詩、聯、序、跋等抄本，字體工整，抄本大小不一，歸類陳列，卻甚整齊一致。當時，少不更事，總覺得無甚稀罕，如今海天相隔，想到一筆一劃全是父親的手澤，若是獲得片紙隻字，即使價非連城，但就個人親情來說，卻也是無價之寶了。

抄書原也不是容易事，尤其是善本珍本孤本書，一般窮酸文人絕對沒有能力擁有，多為世宦富家所藏，若是主人有意造福士子，惠然肯借，那就是士人的福了。如果是個為富不仁的宦家富室，他家秘閣皮藏，旁人輕易不得進入，開口求借嘛，一張寒霜臉，早令人不寒而慄，誰還敢硬碰這個釘子呢！

借書抄書，常有幾種情況獲得主人首肯。一是累代世交，主人不得不借；一是兒女親家，戚誼攸關，無法拒絕；一是下一代交情深，少主人偷偷出借。其實，善本孤本珍本書，主人愛之如拱璧，希望出借的機會真正不多。

記得我讀師範時，學校暫時借用文家大宅復課，文家在有清一代，曾出任九世高官，宅第連雲，廣廈千間，鏤鳳雕龍，極盡侖奐之美。藏書之富，鄉里稱冠。俗話說：「窮不過三代，富不過三代。」又說：「盛極而衰，剝極而復。」證之文家興隆衰敗之理，即為一鐵證。

文家有位女兒是我們高班同學，因為仰慕她家藏書豐富，同學們總是多方巴結，希望登斯樓也，仰觀宇宙之大，俯察品類之盛，以便開開眼界。

中華民國雖然締造了幾十年，男女之間依然抱著「保持距離，以策安全」的心理防禦，以防流言蜚語，壞了家風。所以，為了要瞻仰她家藏書，同學們無不多方巴結同班女同學，套交情，拉關係，再經過第三者仲介，而終於得償宿願。

登得樓去，只見偌大三間樓房四週牆壁全是藏書，中間書架，也擠得摩肩接踵。有整套木匣裝的，有獨成局面的孤本，那時節，我們不懂版本的意義，只見書林籍海，那分富象，教人只覺得自己太寒酸蒼白了。書架上有的經過圈點，有些仍然完整如新。自幼至長，我從未見過藏書如此之多的，同學們彼此一番驚訝，不由得目瞪口呆，仰慕羨嘆得無以復加。

留連復留連，誰也不願立刻離去。

臨走時，我們偷偷翻閱下層藏書，只可惜文家畢竟沒落了，讀書種子不再發芽，由於缺乏科學的管理，下層書不是蟲蝕，就是蟻蛀，看看那瑩白紙張被糟蹋得千孔百瘡，我們真不知文家小姐的心頭滴血否？我們這批寒素學子卻不由得心頭淌著血嗒然下樓。

過去，物貴穀賤，古話說：「穀賤傷農。」所以，農民的生活一直過得清苦而勤勞。要購一部三國演義或列國誌什麼的，非半擔穀價不可。至於史記、漢書、三通、昭明文選等……那就非數挑穀子莫辦。要是把大、二哥冬日忍受皸裂夏日晒得脫皮，把收成回來的穀子賣掉買書，讓全家人在饑荒四月摻雜糧過日子，於心實在不忍。

未幾，抗日戰爭打得熱火朝天，烽煙漫及湖南邊陲，加上水澇旱災，農產歉收。文家本就像一隻不曾倒威的死老虎，空有一副骨架子，實則，內裏耗盡，已非當年裏外兼豐的盛況可比。面子終於鬥不過肚子，在無計可施之下，文家只有鬻書度日。我們看著一部部書搬出去，一挑挑糧食擔進來，心裏真不是滋味，這真是一種吃血本過日子的方法。

當年，文家祖先藏書的初意，恐怕不是希望兒孫以如此方法過日子吧？無奈盛極而衰的厄運降臨了，逃也逃不掉，躲也躲不過，卻教我們這批窮苦學生吃盡了乾醋，多了幾分感慨。

說硯

風光了幾千年的毛筆，一向被人尊為文房四寶之一，讀書人為文作畫，一時半刻都缺不了這位風雅君子。那曉得歐風東漸，半路殺出一個程咬金來，毛筆的天下居然被鋼筆篡奪了。這情勢，真有點像元、清入侵，硬是橫行霸道地把漢家天下據為己有，大搖大擺登上金鑾殿人五人六的情況一樣。其實，鋼筆腹笥有限，能源不足，用不了多久時間，非得好好讓他吃飽喝足，他才欣然幹活。結果，不曾風光多久時間，原子筆平地崛起，稱雄天下；鋼筆不由得黯然傷懷，悲苦自己又將秋扇見捐，再也不能惹人「憐香惜玉」。但時勢如此，即使戀棧不去，又那受得住主人喜新厭舊的脾性呢？

無情的時代浪潮，不知淘盡掉古今多少風流人物，何況一枝微不足道的筆？毛筆已走到時窮運蹙的末路，鋼筆也處在命途多舛的境遇，彼此同病相憐，當日傾軋排擠，怨懟不滿的仇恨，全都一筆勾銷。今日，毛筆鋼筆全都是供人聊備一格而已。

不過，儘管鋼筆以外表華麗取勝，原子筆以個性柔和討人喜愛，但在我們中國人心眼裏，他的實用價值，仍不值一枝價廉物美的毛筆，作畫需要他，寫字更需要他，而且，他世代簪纓，富貴門第，他的地位，那是鋼筆原子筆取代得了的。

筆與硯，是一對同善相加、同惡相濟的伙伴，可以共同揚，也可以共同為惡，筆無硯則墨不得楊芬，硯無筆以耕以稼觀其豐歉，硯只是一片冥頑不靈的石塊而已。好硯壞硯，全看石質枯潤以為判，如果紋路清晰，又多一分顏色，那就如同美女著豔裝，美不勝收了。

我國文人自古愛硯，經史文集，全在筆硯同心同德的釀造下化為文化巨流。硯的種類優劣，可寫出一本本洋洋巨著。

除了玉硯、石硯外，尚有瓦硯，漢墓中曾經發現，一直到宋朝，仍然有人沿用。其他如鐵硯、磁硯、蚌硯、漆硯、竹硯、水晶硯種類奇多，比石硯則略遜一籌了。這些硯，想必為墨的貯器，如果用之磨墨，發墨潤筆，既不如陶硯之討人喜愛，更不及石硯潤澤稱心。

筆的地位，到今天，已是勢窮力拙；與筆禍福相共的硯，自然連帶受到池魚之殃，也隨著不受禮遇。過去，文人把硯當田，謂之硯田，以筆供耕，謂之筆耕，意思是說筆硯中自有麥黍稻粱，足以糊口養家。其實，硯田畢竟太小，既不能種稻麥，更不能育菜蔬，雖說不受旱澇蟲災影響，那抵得上薄田一畝出產豐饒呢？所以，文人一生潦倒，窮困以終，很少見有幾人一生席豐履厚，不愁凍餓的。文起八代之衰的韓昌黎，博通經史，綜貫百家，為人撰寫墓誌碑文，訂有一定潤例，仍得仰賴為官薪給，方免妻孥凍餒。時至今日，雖可鬻稿維生，仍不及農家一坵看天田，一旦劃為工業用地，荒磽之區，立為人人搶購的黃金地段，千萬財源，拱手而得，文人望塵莫及。

書藝沒落，但硯的價格，卻一直居高不下。大陸的端硯風光了幾千年，本省則以二水產石硯為上品，色澤黝黑，石質細緻發墨。一塊長寬不盈尺的石硯，稍作雕鏤，有的索價高達數千至數萬元不等。就算一方根本不成材，只在頑石中央剜一淺池，也動輒七八百元以上，奇貨可居，令人咋舌。每到硯店，一說此種價格，再衡量一番自己荷包裏那點貨色，幾次衝動，想狠下心腸，買方硯田歸去，一旦想到此田貧瘠，不產米糧，只養風雅，也就不由得廢然而返了。近年來，市面上有類似石硯的人工硯大行其道，據說是水泥摻鐵砂製成，外觀與石硯頗為類似，實則形肖而神非，全屬魚目混珠，比起真正石硯相差十萬八千里，別說潤澤發墨那種質地了。

也許由於自己附庸風雅，舍下石硯，林林總總，不下數十方，在這些品類不齊的石硯中，沒有一方可以上得硯譜的，因為此等硯中，盡是兒女讀小學用的長方硯，塑膠鑄的，則為冥頑不靈，若為粗質頑石，則又缺少池深域廣的優點，無法讓人從容研墨濡筆，因之，每次臨池、作畫，便只有以瓷盤權充硯田，以墨汁為灌溉了。毋需探求史實，眼面前就有瓷硯這一品類了。

先嚴端莊公曾有一方名硯，硯盒蓋上鐫有「五色雲流吐月華」七個行體字，筆酣墨暢，點劃凌厲，矯如游龍，婉若名姝，確是硯中上品。硯底及四週鏤有諸多名人題字，先嚴讀書寫字，與它不離左右。最值得稱道的是水池深而硯域廣，徑寸大墨在池中轉動，有如墨龍在海，毫無滯礙。冬不冰墨，夏不涸底，不知是出自端溪抑是歙州？總之是方好硯就是，如以目前時價而論，小小一方石硯，足以換得樓房一戶，蔭庇兒女，真箇是祖德宗功了。

老父那方硯不曾帶出來，自己又少一方光榮的硯傳諸子孫，有書香而無墨香，畢竟多了一分粗鄙。不過薪火相傳，繩繩不絕，有形的硯雖已淪亡，心中那方無形的硯，卻永遠在研墨濡筆，年年在寫「正氣歌」和「四書五經」。只要中國不亡，中華文化便永遠不會衰朽，只要人人抱著「有我在」的思想和精神，筆的正氣，硯的寬容，就能相繼不絕，千萬年而存在了。

知識分子

拓疆闢土，創業垂統，非豪邁武勇之士打不出一個局面來。當逐鹿人士倒的倒、亡的亡後，大局底定，誰帝誰王，誰尊誰卑，已不再有覬覦勢力興起；人心思治，亂後欲定，潰糜的社會需要復健，斬殺的生機必須養息，此時，則非溫醇謹慎的文人難得有個治局。

知識分子自歷史源流裏尋覓殷鑑，自聖賢明哲遺訓中找出圭臬，可以說是社會的良心，他們來自民間，深知民間疾苦，也算是民心民意反應的基礎。但處於專制王朝統治之下，他們沒有自作主張的自由空間，即使為民喉舌，吶喊出民間的疾苦和需要，也只能在帝王容忍的恩澤下稍作緩解，聊盡一分良心責任。

局勢已定，打天下的武夫高踞九五尊位，威福自作；保天下的知識分子，為了保全脖子上這顆腦袋，在帝王喜怒自恣中乞得一分富貴尊榮養活家小，無日不在戰戰兢兢中謹慎將事，即使想伸張民意，也只有委婉上達，冀求聖聽一二，而且還得借重天災星象，危言聳聽，恐嚇那些長養宮中不辨五穀的帝子王孫有所惕勵。從，則沾沾自喜，聖寵非分；不從，頂多摜掉紗帽，再也不聞不問，逍遙林泉作個自了漢。

一部中國五千年史，可以說是一部武人殺伐，文人飽受摧殘的血淚史。

很可惜是由於知識分子都有知識、有主張、有立場的原因，甚至不曾融通的知識，造成自己專走偏鋒，形成互相排斥，幾難相容。專走險路者，為保尊榮及一己權勢，往往心狠手辣，殘殺同類；野心家乘機操縱，結果未曾自主，反而成為他人鷹犬。翻閱我國這部悠長的歷史，幾乎只見知識分子在悲哀、在號哭；不曾見到他們歡笑和鼓舞，要說有歡笑，也只是在帝王霽顏之下才能輕吟緩唱，擊筑引紘，稍作輕鬆。

幸而「野火燒不盡，春風吹又生」。知識分子的腦袋一代代被砍，仍然一代代不斷長出來，為社會作血證，作良心。

知識分子手無縛雞之力，身體不能作一人敵，但頭腦冷靜、思慮細密，卻能為萬人敵；他們盱衡局勢，往往前瞻到數十百年之後。缺點是率性天真，迂闊自拘，當自以為是時，常常堅執不撓而壞了大事。一旦覺今是而昨非，復會幡然醒悟，馬上回頭。這種是非判斷，可愛處，畢竟他是社會的良知；可悲的是一旦失去立場，他自己的良心死亡，社會良心也隨之死亡。

二、三十年前，兩岸尚在隔絕對立之際，這邊的知識分子懷著怕奴役怕殺戮的心理下，始終不往那邊靠；那邊的知識分子，強項剛正的被殺被虐被奴役，不甘受迫害的只有噤若寒蟬，乖乖作順民，在不遭虐殺的環境下移情研究，自學術領域中超脫政治環境的壓力，尋找安身立命之所。熱中政治而又醉心權力者，則以歌功頌德邀寵，希旨奴顏求出頭。介於這數者之間且又享有充分行動自由的知識分子，因為只看到局部沒看到全體，只看到太陽光下的笑臉，沒看到陰暗角落的哭泣。於是，懷著一顆天真無偽之心，以為中華民族自此可以傲視全球，為數百年飽受西方侵凌的屈辱過去出一口氣，民族得救，蒼生有福，因而，紛紛以朝聖的欣悅心境投效，自以為大是大非判然有別，等一個運動浪潮撲頭蓋頂而來，什麼忠貞投效都被打成一個問號，結果自己被淹沒不算，家入也連帶被審查被監視，飽受折磨，備嘗摧殘；幸而不死，僥倖脫離苦海出來，立刻回歸他們被唾棄的地方，反過來又貶斥那岸的種種切切。

我常常不自覺的問：「這是識時務者為俊傑？抑是一種牆頭草兩邊倒的人生態度呢？」

四十多年的擾攘局面，照出許多人的本來嘴臉，尤其是自以為是非判別較然清楚的知識分子，他們的幸與不幸？都能給人一種殷鑑。

於是，我想到是非這個問題，總難讓人辨別得清清楚楚。固執的人，往往己是而人非；柔懦者，復又是人而非己。其實，今日是，未必明白不非；昨日非，未必今日不是。是非究竟如何去判別？民主自由社會倒是一處寬大有容的地方，不管別人當年如何苛酷地責他訐他？只要你回來，你便可以自由生活，自由言論，自由主張，誰也不會干擾你。

做人應該有定見定力，尤其是所謂讀書人的知識分子，隨風搖擺，見風轉舵，怎能成為別人的標竿？定見定力不是來自天真的幻想，或是一廂情願的固執己見，而是盱衡大局之後，自犖犖大事中看巧偽真實，自群體大眾中看歡笑和苦樂。凡事飾好掩非，終久會大白於天下；藏巧懷詐，怎能逃過大眾的昭昭耳目？因為胸無主宰而被紛亂的局勢所炫惑，自然會是非顛倒。

古人講究立身勵品應該怎樣怎樣，修德養心應該怎樣怎樣，倘若今日生張，明日熟魏，雖然說是回頭是岸，悟今是而昨非，別人不究既往，但在自我德性上而言，畢竟缺少立場，是人品上的一項污點。

今日，講氣節情操，可能是種迂腐思想。倘若，大眾認為非的，自己甘願去淌渾水，應該不值得。若是為執著理想，因蹚渾水而遭滅頂，也不失為一種立場。

歷史是條大江河，滾滾長江水，浪淘盡多少千古風流人物，我們只是這條江河中的一個小泡沫，頃刻間便告消逝。區區一位知識分子在歷史浪潮中佔不了多少空間，也沒多少分量，但歷史對讀書人的是非判別，分數打得很嚴酷；不然，史書列傳中就沒有忠義、姦臣、貳臣等判別了。做人豈能只重現實利害而沒有是非考量？

淺談文化

有人類就有活動，有活動就有文化，文化的範圍很廣，舉凡衣食住行育樂的演進和發展，都是文化範疇內的事。

文化由刺激而產生，沒有刺激的動力就不可能產生文化，比如飢思食，寒思衣、飢寒就是刺激，解決衣食問題這段過程的作為就是文化業績。這種刺激，包括內外因素，物質和精神的滿足，最後的成果就是文化。

人類始祖，原本穿樹葉，著獸皮，等以後懂得養蠶繅絲，植蔴取皮，種棉紡紗，於是，衣著有了進步，由素而繪，由蔽體保暖進而講究美觀，由實用表現出文化內涵。

吃是項藝術，也是文化的表現。自茹毛飲血，到鑽木取火知道熟食，由飽腹到講究烹調藝術，由保命到食不厭精，膾不厭細，甚至於因為各國文化背景不同而產生不同的飲食方式和內容，連飲食儀節也有差別。我國清朝帝室所講究的滿漢全席，可能是飲食文化的特出。

不光是飲食進步，單是盛器的形式和作用，就是一門大學問。盛器雖屬工藝，何嘗不是飲食文化的支流，其他如瓷器的演變和流別，中外殊途而同歸，只有專家才能略窺一二。

說到住，由先民住石洞到有巢氏教人構木為巢，進而堯舜茆茨不剪，禹卑宮室，演變進步到已非荀卿所謂「宮室臺榭，以避溫涼」的簡單作用而已。居住是分享受，是分排場，是建築藝術的登峯造極，是身分地位的表示。秦始皇窮奢極欲的阿房宮，五步一樓，十步一閣……長橋臥波，未雲何龍，複道行空，不霽何虹……以至漢朝宮闕臺觀，唐代殿臺樓榭，進而到明清私人建築園囿別莊，複道迴廊，假山池沼，曲橋幽徑，將萬里江山攬於一園。以至於今日樓房高聳，矗立天表，夏不汗濇，冬無寒意，以及內裏佈置擺設，極盡視覺之美，游心其間，何異於人間天堂。住的文化可謂漪歟盛哉，難以盡道。

行又是一種漫長的文化歷程，自草萊新闢的小徑迤邐，進而至於以騎代步，驅獸駕車，闢大道以利車行，到今日汽車、火車、輪船、飛機、太空艙，由陸而海，由地球到太空，五大洲三大洋，甚至高及月球，幾乎是朝發夕至，無遠弗屆。

育則不止於教育，諸如養育、體育，都在育的範圍之內，教育包括德、智、體、羣；體育的項目極多，人人盡知；養育由胎教到學校和社會教育，甚者婚前健康檢查，婚後的家庭計劃，對兒女生長環境選擇，交友輔導等，無不是育的重要項目。單就教育一項而論，中外古今相同，由簡而繁，由點而面，由略識之無到大學教育、專才培養，只有專家學者，才能盡道其詳。

樂即娛樂，娛樂除了音樂陶鎔外，便是其他方面的身心調適。我國金石絲竹匏土木革的八音，宮商角徵羽的五調，以至於唐朝燕樂的七宮七商七角七羽的廿八調，以至於宋、明、清代有損益，樂的發展可謂繁富雜出，各盡其妙。舞蹈自唐堯到明清的祭曲舞，各族的民間舞，包羅萬象，廣大無垠；戲劇的發展更是一門專學，直到外國樂舞的輸入，中西混同，截長補短，把樂舞的內容充實而擴大了。電子進步，音響電視，把娛樂提昇到另一個層面。至於旅遊、觀光、登山、露營，更把樂育由室內擴充到野外，由一點而至全面，千里如寸土，天涯若比鄰。樂的文化如同長江黃河，波瀾壯闊。浩瀚無際，單取一點，就夠我們窮一生之力以作研究了。這些演變，擴而至於典章、文物、制度、禮儀、民俗、社交、天文地理的研究，科技發明……萬流歸宗，在在都是文化的活水源頭。

望文化而興嘆，飲一滴而醒醉，我們對文化的補益究竟盡了多少力？

有人類就有活動，有活動就有文化，沒有文字記載，文化勢必隨活動休止而滅絕，隨當時生命終結而終結，但文化的洪流泱漭磅礴，文字的功能畢竟有限，以有限功能的文字，仍然保存下許多活動的記載，雖嫌簡略，畢竟未將祖先的努力付諸東流。

我國號稱文化古國，一部二十五史，就已教人一生不能盡知其詳，其他著述不論，而且歷代毀於水火兵燹人為災劫的書畫碑帖鐘鼎彝器，更是難以估計。今日，面對祖先留給我們的文化遺產，我們盡畢生之力猶難闖入門，窺知堂奧。這些文化，都是往聖先哲就其一事一物研究考據追述創造的成果，沒有他們皓首窮經的奉獻，我們那能享有今日沉浸文化的樂趣，焉得泱泱大國民的風範呢？

古籍是文化的源頭，我國古籍盈閣疊庫，那是我們一生有限歲月所能盡閱；由於時間距離和生活距離，古書記載的一切，以我這個摸索者而言，只能彷彿得其二、三，詳細內涵，因為沒有實物圖譜可資印證，單憑想像，實難知其梗概。因之，我想到博物館和圖譜的功用，假如我們祖先當年知道設立博物館，或繪製器物、屋宇、衣裳圖形，今日，我們參照文物讀古籍，便容易入門多了。觀「清明上河圖」和「出警入蹕」圖，我們多少瞭解當時社會生活和皇帝出巡情形的一般。單讀文字，則如瞎子捫象，只能憑個人領悟而得其彷彿。

科技發達，今日錄影工作配合文字說明，千百年後那便是一部活的歷史，毋須在死文字裏靠想像尋覓活的史實。

想到祖宗如此為後代努力著述，留下了豐富的遺產。我們這一代呢？除了追求享受和權力，甚至製造事端，破壞社會安寧，未免太不肖了。想到未來？假如我們給歷史交了白卷，未為兒孫留下豐富的文化產業，我們將何以向後代交代？我是個愚人，愚者也不免有感，也不免憂心忡忡。

人是什麼?

你挨過罵嗎？

「你不是個東西。」

挨罵不是滋味。你一定回罵過。

「你才不是個東西。」

過去?你一定有這樣挨罵的經驗。

「你是什麼東西？」

我不相信你的脾氣好得不曾反罵：

「你又是什麼東西？」

不管罵人或挨罵，在我們內心裏，既不承認自己是個東西，又不願別人罵自己不是東西，復又希望自己是個東西。

這是一種多麼矛盾的心理。

以我們平常罵人和挨罵的經驗來探討，事實上，我們是知其然不知其所以然，根本不曾瞭解「東西」的真義何在?實則，我們每個人都希望自己是個東西，也願做個東西，絕對不願「不是東西」。東西是什麼?東西就是器物，凡是器物就有用途，我們希望自己是個東西，就是要做一個有用的人。做人如果做到無所取材，毫無用處。這個人的生命價值顯然有問題。

我們跑來這人世一趟不容易，疾病、天災、人禍、戰亂，好不容易克服一場場災劫而活了過來，如果活得百無一用，那不是白白蹧蹋了這一生?

所以，我們老祖宗總會期勉我們要「成器」——成為一種器具，就是一種東西，不管是畚箕、杓子、籮筐、扁擔、犁、鋤……只要能發揮器具的效用，便未辜負此生。

一個人要是少小無成，老一輩人總會勉勵說：「大器晚成，不用急在一時。」到了老年，果然事業有成，便不由倍加激賞地讚道：

「真是大器晚成。」

到終結，我們還是成了一個東西。

人變成東西雖不怎麼光彩。人就是人，人有靈性、有理想、有智慧、有情感，為萬物之靈；雖然自己把自己貶為東西，但總比不是東西好，東西畢竟有它一定的用途。

人雖號為萬物之靈，實則，人的一生相當悲哀，除了智慧比萬物略勝幾分外，無論在體力和適應生存環境的能力都不及其他生物。比如我們飛不過鳥類、跑不過馬、羊，潛不過魚、蝦，堅不過岩石，挺拔不過樹木，柔順不過百草。

同樣是生物，鳥類可以一飛沖天；我們發明了飛機，一樣可以翱翔天際，來去自如；但那有鳥類振翅高飛單純自然。跳跑縱躍，除了田徑健將外，但其快速也有一定的條件限制；一般人則體泰軀肥、腳軟手短，那能跟馬、羊相比？人類發明了火車、汽車，其速度比馬、羊要快，火車汽車必須在一定的條件限制下才能發揮效能，那能像馬、羊一樣，不避高山巉巖，不須加油添料，更不必修軌築路，想走就走，想停就停，……

人類的生命極端脆弱，經不起撞折碰觸，稍有意外，不是斷手就是傷腳，尤其傷及腦部時，半秒之差便告生命殞逝，那像樹木，芟去枝椏，依然生機暢旺。

其次，人類情感脆弱，更多一分喜、怒、哀、樂、愛、惡、慾；其他生物或許也有同樣的情感，我相信絕對不會像人類一樣如此觸景生情，感慨良多。

人類只是世間林林總總中的一件東西，一件生命和情感同樣脆弱的東西，卻有這許多情感負擔，這真是一件有多邊效用而又相當奇特的東西

只恐雙溪蚱蜢舟，載不動許多愁。

不論古今中外，凡是人類，都在時時刻刻要求突破自己，像蛹出繭，雛破殼，突破了那重障礙，才能創造另一段生命奇蹟。

我們自出生至老死，身體上的病痛，情感上的負擔，精神上的壓力，生與死的痛苦……在在使我們感到活著是分負荷，是分痛苦。活一天少一日，一日日成長，卻是一步步邁向死亡。我們感到空虛、感到徬徨、感到前途茫茫、感到遠景黯淡……不管那一類宗教，他只能給我們思想上開一扇窗子，找一條通路。宗教叫我們放棄這個、放棄那個、放棄妻兒子女、放棄功名利祿，甚至把生命一塊放棄——視死亡為登天國。因為我們必須自己先放棄許多權利，我們才能無牽無掛，讓內心空出來容納那許多愁苦煩惱；即使有牽累、有負擔，因為全部都放棄了，才不覺得沉重、痛苦。事實上，那是宗教一廂情願的想

法，有人放棄，有人攘奪，人世依然是場混戰，它並沒解決我們人生的許多問題；說穿了，那不過是聰明的先知先覺者騙騙凡夫俗子的伎倆而已。試問一個人放棄了一切，我們還剩下什麼？就算有口氣，料也是屍居餘氣罷了。

一個人不能積極有所為，卻要消極的無所為，不能付出，卻要事事退後一步；天生萬物以養人，豈非白養了？事事求助於「阿彌陀佛」和「天主耶穌基督」，究竟能解決什麼問題？

是的，我們可以放棄功名利祿、酒色財氣，……一個人若把這些全看破看透了，事事無所爭，那麼還有什麼鼓舞他的幹勁和奉獻？凡是過度扼制人性的事情都不正常，適度而不過分，應該是道德、人性所容許。人畢竟是人，人有七情六慾，天主教教宗如果沒有「教宗」這頂榮冠戴在頭上，沒有那麼多信徒擁戴和崇拜他，他那來的興致為世界人類和平作祈禱，棲棲皇皇奔走各國作彌撒？

適度的慾求，應該是分驅策力量；過分制勒，反將如火山蘊積，一旦爆發，必然焚林夷屋，不堪收拾；縱慾濫慾，才是危害他人的禍根。

說到慾望，便教人心驚肉跳。

對！就是這隻難填的慾壑害了人。好名、好利、好色、好戰、好財貨……你好我好大家好，爭端便起了，一有爭端，即有戰爭，一有戰爭，人類罪惡的本性立刻暴露無遺，本來安寧世界便被破壞殆盡。

宗教家憐憫眾生，希望為眾生找條出路，找分力量，於是，設計宗教，引導眾生走進教義中，得到一些慰貼和寧靜。宗教果真能解決這些問題嗎？宗教不是萬靈，他只能為少數人求得解脫，至於在那些好這好那貪狠之徒心目中，宗教又是什麼東西？

其實，宗教也會殺伐，也會排除異己。今日，印度教徒和錫克教徒互相攻擊燒殺，並且濫殺無辜平民。同樣是回教徒的伊朗和伊拉克，打了八年苦戰，投下百餘萬骨嶽血淵，仍然在鏖戰不休。柯梅尼號稱伊朗回教教主，應該宅心仁慈，事實上，他是睚眥必報，殺起人來比誰都心狠手辣。新約教徒活在一個安寧富庶的社會環境裏，卻在到處製造事端，干擾政治。佛教、道教、天主、基督、猶太教……都在劃定圈子，排斥異己。

宗教失去了大愛，依然偏狹，依然不能救世人，宗教也不過是場騙局。

人，這種東西，既為自己製造許多問題，又千方百計希望為自己解決思想上的結、情感上的結、心理上的結、生理上的結、慾望上的結……結果，什麼結也不曾解開，矛盾叢生，漏洞百出。這樣一種性格複雜的東西——人究竟是什麼東西？

人只願聽別人的掌聲，不願聞別人的噓聲，只希望被人高高舉起，最怕別人把自己重重摔下來。看看歷代皇帝和公侯將相……那一個不是在虛榮的掌聲裏和一呼百諾聲中過日子。時至今日，不只限於政治舞臺人物、工商鉅子、文教人物，甚至販伕走卒、家庭主婦、父母、兒女，那一個不是只有在掌聲中才活得快樂，如果沒有了掌聲，他就意興闌珊，了無生趣。

說穿了，人是一種最沒信心的動物，人是一種必須靠別人肯定才能找到自己定位的動物。名譽、道德、生命價值、社會地位、事業成就，必須靠別人為自己定下方位才能找到自己——文字的、口頭的、聲光畫面的……為什麼自己不能肯定自己呢？

這就是自我迷失。

有人能為別人定位，也能指出別人的奮鬥方向，自己卻跳不出困惑的圈子，不知如何走？

有人大半生懵懂、徬徨，卻因別人的一席話、一項行為而幡然改圖，振作有為。

這全都是自己不能找到自己，缺少自信。

人必須要靠別人肯定才能找到自己嗎？

有句話說：「不怕慢，只怕站。」做任何一樁事，不管多遠多難，只要不斷朝前走，進度如何且莫管他，時日一久，一定可以慢慢接近目標，問題是怕你只顧滯立當地空嘆目標太高、里程太遠。說穿了，做人要有一分傻勁，走一步算一步，明知不可為而為之，別先計及前途挫折和艱險；過分多慮，過分預測阻難，便將寸步難行——這種傻勁就是自己肯定自己。

為什麼需要別人的掌聲才活得有勁呢？為什麼自己不給自己一點掌聲？

為什要在意別人的肯定？自己替自己定位不是也能活得身價百倍嗎？

別人的稱譽可能是虛偽應付或有意奉承，把自己定位在自己的努力上，把自己肯定在自己的工作成果上，即使別人不承認，對我又有何損？別人虛假的肯定，對我又有何益？

人不像機器，只能薄用。人的思想大可瀰六合，細可卷於密；人的心靈包羅萬有；人的情感可與日月共明、山河同久，與萬物同休戚齊榮枯。人是萬有萬物中的一種東西，人也不是東西。

天大無喻

天地之大，無奇不有，把閒聊名之為「談天」，這表示談話內容廣無涯際，深無底蘊，無所不包，無所不容。

天是什麼？幼學故事瓊林第一篇說：「混沌初開，乾坤始奠，氣之清輕上浮者為天。」春秋命歷序曰：「冥莖無形，濛鴻萌兆，渾渾沌沌。」這是指胚胎形成前與天地未定時的渾沌現象相同。渾沌有如雞卵未分，氣未凝結之象，待乾坤奠定，氣之輕清上浮者才為天。這是古人對天所作的解釋。

天，廣大無垠，高邈難測，我們人類對天究竟瞭解多少？科學發達已經登陸月球，仍然止於知道有一千億個銀河系，一千億個恒星，大體上說，天地之間雖然已經有了截然劃分，這是單單指天與地球而言，實際上就整個宇宙來說，那個氣之輕清上浮者的天，仍然是個難解的謎，是片渾沌未開之象。

古人對於天的認識，頂多止於太陽、月亮、星星、晝、夜、雷雨……而已，實則這只是我們這個銀河系中地球的部份現象，為什麼有晝夜，為什麼有雷雨？這是一個謎，縱有解釋，也僅止於一廂情願的認定，絕對沒有科學的根據。

西方人重科學，對天的認識，純粹是看物質的。我們中國人除了把天看作天地相對稱的物質之天外；尚有主宰之天，他的力量無限大，可以主宰人的禍福，雖未見其與人類同樣圓顱方趾，但他與人同樣有人格有生命，像我們窮愁痛苦時，便不由高呼：「老天呀！你為什麼要這樣待我？」第三為命運的天，命數所定，運會如斯，為禍為福，莫可奈何。其次是自然的天，那就是日行月往，無日或息，自然運行，萬古不變。再次，則為義理之天，那就是中庸所說的「天命之謂性」的天。

宇宙間的事事物物，我們老祖宗多認為與人事互為影響，行善得好報，做惡得壞報，俗話所謂：「惡有惡報，善有善報，不是不報，日子未到。」這明明指出人的行善或行惡，天在冊頁裏登錄得清清楚楚，時候到來，賞罰分明，行善得善賞，做惡受惡罰，所謂「天理昭彰，報應不爽」，就是這個意思。

專制時代，皇帝有生殺予奪大權，為了掩飾濫權肆殺的罪行，便美其名曰「代天行命」。天的權大威重，卻又無法行使權力，因之，皇帝把自己提昇到昊天之下人民之上，自喻為天的兒子——天子，既然是天的兒子，父親不能行使權力，兒子當然義不容辭代表父親行使無限權力。

好皇帝勤政愛民，做臣子的只要奉公守法，勤謹盡職，便可安享富貴尊榮；可是喜怒之間，仍然天威難測。若是遇到壞皇帝，像桀、紂、周幽王、秦皇、隋煬帝這類人物，他們酒池肉林，恣意享樂，淫佚無度，賞任其情，罰恣其怒，臣下的諫諍不聽，沸騰的民怨不顧，於是，在無法可想之下，便想出一條天人相感的計策來約束他，謂蝗螟、旱潦、地震、彗星、都是上天示警，以供戒懼；若不改弦易轍，修德愛民，更大的災害便會接踵而來。

這種天人相感之說，雖屬無稽，但在天文科學不昌明的古代，對那些專制皇帝而言，或多或少能夠發生一些嚇阻作用。

皇帝不怕任何人，拿他皇天老子嚇唬嚇唬他，多少讓他有些惕勵作用，只可惜好天子才怕天，壞皇帝為非作歹，壞事做盡，良知喪盡，天又能奈他何？不過，皇帝做得好，自然國泰民安，國富民殷；做不好，窮奢極欲的結果，便是國覆邦亡，家敗身滅；這本是因果的必然關係，我們卻把它說之是「天意」，既然是天意，可見天是有人格的。

伏羲氏畫八卦，以乾為天，故稱父，以坤為地，故稱母，震一索而得男，故謂之長男，巽一索而得女，故謂之長女，坎再索而得男，故謂之中男，離再索得女，謂之中女……易繫辭並推衍而成八八六十四卦，把天象比之人事。天地合氣，萬物自生；夫婦合氣，兒女生焉。易繫辭說：「天地絪縕，萬物化醇，男女構精，萬物化生。」

八卦怎麼化生呢？那就是包羲氏仰觀象於天，俯觀法於地，觀鳥獸之文與地之宜，近取諸身，遠取諸物，於是始作八卦……。

有無包羲氏其人呢？不敢論斷，就算是偽託，但他仰觀天象，俯察地理，把宇宙之理，人事之化，全都囊括在八卦變化中，把宇宙人事全用簡單的線條表示出來，在伏羲氏眼裏，天算什麼？只不過是幾根線條而已？他的思想上窮碧落下黃泉，一面漠漠藍天全包容在他腦子裏。

湯武革命，順天應人，把天抬出來，就覺得理直氣壯，殺人也殺得於心無愧。當商湯取得天下後，尚書湯誓中說：

「有夏多罪，天命殛之……予畏上帝，不敢不正，致天之罰。」

亡夏桀是天命，得帝位而不敢不正，是因為怕上帝而致天罰。天雖默爾無言，只是漠漠的一塊蔚藍虛空，大家怕他的心理，自古至今，歷五千年而不衰。

我們中國人心眼裏那方天，原是無所不在，無所不能，包容萬有，變化無窮，既可行使命令，性又和平中正，是非分明，善惡有別，興亡成敗是天命，就像項羽在烏江自刎時說的：「天亡我也，非戰之罪也。」盈而不溢，盛而不驕，勞而不矜其功是天道；天既可罰人，又可作之君、作之師、作之親；如果天地之氣失序，風雨雷電立刻興作，那就是獲罪於天，將遭天譴，只有敬天畏天，順天之則，才能長保康泰，永沐康寧。

孔子是我國歷史上歷二千五百餘年而猶尊的聖之時者也，他的學問、道德、思想、人格，可說是前無古人，要有來者，非得在綿長不盡的歷史中經過時代大起大落來陶鎔，也不見得能夠超軼孔子。孔子曾說：

「獲罪於天，無所禱也。」

子路不悅孔子見南子，孔子趕忙起誓說：「予所否者，天厭之，天厭之。」

在論語中，孔子曾一再說：「吾誰欺？欺天乎。天喪予，天喪予。不怨天……知我者天乎。五十而知天命。天何言哉？天之未喪斯文也，匡人如其予何？……」孔子是把天看作有意志的天，可以發號施令，知人是非，賜予禍福。

孟子受業於子思，是孔子的四傳弟子，他宏揚孔子學說，把儒家思想作淋漓盡致的發揮，把仁義理智性之四端，歸之「天之所與我者」。天是天性，天性就是生而有之，這是天賦天秉，要有變易，那是後天的原因，他在盡心章說：

「盡其心者，知其性也，知其性則知天矣！存其心，養其性，所以事天也，殀壽不貳，修身以俟，所以立天命也。」

天是何等莊嚴可畏，我們必須毋怠毋忽，事奉不貳，全始全終，保持人的一貫本性。孟子所謂的天，不但是主宰的天，而且還是命運之天。

開創法家的荀子，對天的看法，完全是自然的天，天就是天，天就是那虛空無物的一片蔚藍；他否定天人感應，天意天命。晝夜交替，四季變換，全是自然運行；有軌可循，有則可依，跟人事扯不上任何關係。日月蝕、暴風雨、地震、山崩、旱荒水災，那是自然現象；政治隆衰也好，人事興替也好，跟天毫無瓜葛，該風時便風，當雨時便雨。河水氾濫，那是霪雨為害，堤防不固；天旱成災，農作歉收，那是人們不知築壩修堰，以智慧制天命，防旱於未然……春夏秋冬，不請自來，不送自往。它既「不為堯存，也不為桀亡」，天就是天，像一種永不斷電永不損壞的機器，照常運作，不衰不歇。而且，他更進一步強調人定勝天的理論。天雖與人事無關，但自然界的現象，可以影響人的生活，因之，我們可以利用人類的智慧，改變自然環境，而達到灌溉便利，河不氾濫，水田種稻，旱地種麥，農作豐收的目的。

道家老子對天可不那麼尊崇敬畏，他直指「天地不仁，以萬物為芻狗」。謂自然無為，自己存在，萬物自相訟理，天地無與其間。我們中國人一向把天看得神聖威嚴，至高無上，舍天而外，沒有其他可以代替，若有宗教信仰，其虔誠敬畏之情，綿歷數千年而不墜。老子則把天貶了下去說：

「有物混成，先天地生，寂兮寥兮，獨立不改，周行而不殆，可以為天下母，吾不知其名？字之曰道，強為之名曰大。」

道是天地之母，先有道，才有天地，天地不再那樣至大至尊，至上無貳了。天法道，道法自然，自然又比道高一層。

莊子跟老子一樣，也把天看作為自然之天。他說：「天在內，人在外，牛馬四足是謂天；落馬首，穿牛鼻是謂人，故曰無以人滅天。」順所生之本性曰「自然」，是曰「天」，如牛馬四足；與之相反而以人事干涉者為「人為」，是曰「人」，如落馬首，穿牛鼻。天人之界如鴻溝，天為天，人為人，各有秉持，各有法則，天人不可混淆為一。

莊子死後，他的弟子準備厚葬他，他卻說：「吾以天地為棺槨，以日月為連璧，星辰為珠璣，萬物為齎送，吾葬具豈不備耶？何以加此？」

他的哲學思想雖與老子不同，但其所謂「道」「德」，則與老子相同，他以為道為天地萬物所以生之總原理，道高於天地，與老子的觀念相同。

漢朝董仲舒是儒家的代表，罷黜百家，獨尊孔子；他對天的看法是自春秋以降的一貫儒家思想，他之所謂天，有時係指物質的天，有時係指有智力有意志的自然，他腦子裏的天，一方面是天人之間存在一種微妙的關係，天是一個大天，人是一個小天，人的身體、骨節、五臟四肢、眼睛睜閉，喜怒哀樂，天的四季變換，月份更易，春的愉快，夏的歡樂，秋的蕭瑟，冬的悲悽，休戚相關，這就是董仲舒陰陽五行之說。

其次，天高高在上，可以支配人的活動，人的為善為惡，政治隆窳興革，直接受到天的監督，為善者賜福，為惡者降禍……天聽天聰，天神天靈，人的作為，施政好壞，全難逃出天的法眼；天心如秤，輕重多寡，自有主張，輕者加之，重者減之，一點也不馬虎。

宋朝理學家，除了秉承一貫的儒家思想外，並引入道、佛思想，強化儒家學說，以補儒學之不足。像周濂溪、邵康節、張橫渠、二程、程顥、程頤都是自儒家思想出發研究天人之際的關係。

邵康節根據易學，用數理構出天人變化的圖案，成為一個極完整的形而上的「皇極經世」一書。周濂溪根據道教的無極圖，賦予新解釋，充實新內容的「太極圖」，由道經佛而歸於儒。張橫渠的「正蒙」，以「太和」代替「太極」，說明宇宙本體原是種大和諧。程明道由儒家「仁」字出發，以「乾元一氣」說明宇宙的變化，和生生不息的生機。程伊川則以「理元二氣」來表明宇宙變化，萬物衍生的道理。朱子承周濂溪之學，把太極無極作了更深一層解釋，說是人人有一太極，物物有一太極，那就是各人各事都有自己一個天地。

天是一片虛無，一個無盡無窮的太空，古今中外，多少人竭一生的智慧和學能研究它解釋它，那只是一種哲學思想，各說各話，名異而實同，天依然是天，不是任何人的解釋推論所能盡其底蘊，明其究竟，我們對它依然所知有限。

我們中國老百姓只知道天很高，不像哲學家們造出許多假設。天高到那兒為止呢？說是三十三重天。把天看做是神是靈，八方鑒臨，力量無窮，勞苦倦極，慘痛悲悼，未嘗不呼天，於是，天跟我們人類一樣有眼有耳有口有鼻……

天有眼——老天爺，你為什麼不睜開眼睛看看？天視自我民視。

天有耳——老天，你究竟聽見沒有？天聽明自我民聽明。

天有心——克享天心，受天明命。天心仁慈，嘉麻兆民。

天有口——老天爺，你怎麼不說話？

天有足——天步艱難。

天有衣——盧倫皇帝感詞：「天衣五鳳彩，御馬上龍文」。天衣無縫。

天有后——天后。

天有子——天子。

天有女——天女散花。

天可能沒有鼻子，香臭不管，要不然，空氣污染如此嚴重，為何不見他作處理？

……

實際上是天並非無所不能，大小事情全都管，他有時也天聾地啞，有人窮愁痛苦頻頻呼天，他卻不睹不聞，不問不管，於是，不得不喟嘆說：「仰天莫告。」

感恩

元月十八日，張拓蕪先生發表一篇「恩人，你怎就這樣走了」悼念三毛女士，讀後，內心感到相當沉重。

我與拓蕪只在文藝大會中有數面緣，因為交往不深，了解也不太確切。他的「代馬輸卒手記」出版後，我一字一句讀完，深受感動，立刻寫了一篇推介文字，希望其他人與我共同分享他的苦樂，無奈自己不像三毛那樣文名四播，可以喚起風雷，這篇文字並沒對「代馬輸卒手記」發生什麼推介效用。拓蕪一生坎坷，成殘以後更是劫難頻至，朋友間有的曾經為他分擔過一點痛苦，有的心餘力絀，有的備多力分。像我，一年到頭像水鴨子似的浮泛在本外島之間；而且一生不曾榮達，每月一份薄薄的薪水，餵兒女還要牽蘿補屋，年年勉強對付，郵局銀行很少有我的足跡光臨，想雪中送炭也嘆袖長手短。幸好拓蕪堅強，寫作能力也有他的獨特風格，隱地為他出版作品，三毛為他作品推介揄揚，他終於自絕處走出一條路，自災難中翻越到較為開闊的平地。大家都為他慶幸。以後，偶然讀到卜乃夫先生一篇大作，提到拓蕪父子間的事，我的心頭又像被入猛擊了一鎯鎚，感到絞結扭痛。我不由喟嘆的想，做人苦，做人父母更苦。

人的一生只短短幾十年歲月，錯綜複雜的人事糾葛，逼得人沒有喘息機會，一場歡愉一場苦，十步艱難一步平，真是辛酸淒苦到白頭；做人要不灑脫一點，自己想法子自暗巷死角中跳出來，一生恐怕只有飲泣和悲嘆度日了。

三毛文名遠播，以他的學識和世界性見聞來說，他不是驟然而起，虛名浪得；由他文學上的成就、與人為善的人生態度來說，她的死卻是驟落。生死是樁大事，任何人也無法為他人詮釋生命，三毛給人留下許多膾炙人口的好作品，卻沒給人留下堅強活著的範例，教人感到失望。以三毛的身體情況而言，他患的不是絕症，而且上有高年父母，和許多愛他的朋友，為安慰親心，承歡膝下，也該愉朗而堅強的活下去，結果卻走向了另外一條路。三毛自己可能認為最正確，在社會大眾來說，這不是淒美，卻給識與不識的人留下了深沉的悲哀與遺憾。

幾年前，三毛去大漢營區專題講演，我在大禮堂遠遠地見過他一面；那次講演非常轟動，內容深入淺出，以國外見聞印證國內成功的事例，一字一句都使人心靈悸動；尤其對軍人的誠樸質直，讚許備至，無法不叫人肯定自我的成就與人生價值。

講演結束，三毛走了，我們也走了。我不是名作家，寫了幾十年，沒有一本著作可以為自己撐面子，偶然寫一兩篇短稿，也只是躲在角落暗處偷偷發洩一點情感，從來不敢招搖自己也是「作家」。文壇界的朋友我認識不多，好朋友全是當年穿草鞋吃八寶飯的生死弟兄。像三毛這種名馳遐邇的大作家，我那敢貿然去結識，只有遠遠地望著他由他人簇擁離去。

張拓蕪把三毛的恩情刻在心版上，為他立碑鐫銘，看出拓蕪真誠厚道的一面。今日，世風敗壞，大家追名逐利，那兒知道感恩這檔子事。

現代與古代相同，人心也相去不遠，為什麼風尚淳厚澆薄的差別如此大呢？厚古薄今固然患的是單思病，厚今薄古也是患了自大狂；古人有壞人，也有惡風，嚴格說，應該不像今日這樣見利忘義；這是人心變濁亂了？還是社會生病了？

社會由許多個體所組成，個人趨利，社會自然交征利；個人寡欲，風習自然樸厚；期望人人清心寡欲作聖人，當然不可能，倘若大家能夠有一點義利之辨，知道有所為有所不為，我們這個社會至少會清淨多了。

古話說：人心如水，導之往東則東流，導之往西則西流，這種導引的力量就是教育。教育是百年大計，陶鑄人才、塑造人性、改造社會、轉移風氣，教育負有莫大責任。可惜教育人真的辛勤墾拓、流汗流淚，往往被少數人毀於一旦，他們攘奪權柄，篡竊社會利益，髒濁人性，腐蝕人心，把非法變成合法，視反常為正常。教育的作用只能消極地誘導人向上向善，敦勸人知非去惡，冀圖化莠為良。一個人若是先天上就潛藏著罪惡的因子，益之後天環境的引誘和自甘墮落，為非作歹，成為社會的惡瘤，法律尚感技窮智竭，教育不是萬能，又能怎麼樣呢？不過，教育的功用在潛移默化，像春風春雨化育生命，看不出他一寸寸成長，卻是一天天壯大了；教育只要能激勵多數人振衰起敝，勇於有為，少數人的卑污瑣瑣，終如潰堤蟻穴，只要當機撲滅，立予堵塞，為害依然不大。

教育如同農夫種田，漠漠大地裏，有可供收穫的禾黍，也有與禾黍齊秀的莠株，未結穗前，誰也無法分辨良秀？一到收穫季節，立刻看出良莠來。化莠為良是教育的責任，姑不管化育的效果有多大？經之營之，教之導之，奉獻了十分，必然有幾分成果。只問耕耘，不計收穫的道理在教育中就是詮釋。拔去稂莠，則是法律的責任。所以，我們不用灰心，也莫失望，只要家庭、學校、社會，三位一體，合力來把教育做好，應該會激醒人性，提振良知，不致讓社會風習惡化下去。

父母愛兒女，只有支出，不望回報，無怨無悔，盡心盡力，磨破了嘴皮，掏空了心思，總希望兒女卓然有成，一生平安幸福到白頭。兒女大了，他們有他們的想法和看法，並不領這分情，話多了，他們嫌嘮叨；管教嚴了，他們抗爭不夠自由；為教他們看清前面阻撓，分析利害得失，設計好奮鬥方向，他們嫌惡劃定路子給他們走；反抗這反抗那，好像父母有百非而無一是。點點滴滴的恩情，點點滴滴的付出，像母雞孵小雞，像花農護持花木，只期望他們長大開花，富麗燦爛過一生，讓這人世珍貴他的存在。可惱許多人一旦翅膀長硬了，便要振翅高飛，高飛之後，他們真的看到了遼闊的天地，狂恣的海洋，但是經過多年鼓翼鵬搏後，有的自己開拓了新天地，有的卻不幸鎩羽斂翼，一無所成。不管他們有成無成，父母永遠張開懷抱歡迎他們，永遠懷著笑意與愛心擁抱他們。知道回報的兒女固多，不懂得感恩盡孝的人亦復不少；尤其有了嬌妻兒女，或在海外紮根繁茂後，他們恣情享受自己溫馨的生活，渾忘了一對蒼邁老人在家裏倚門倚閭盼望他們回來看一眼；老年無依，兒女棄養，甚至於忤逆毆打的事例也常見諸報端。

孝是我國傳統倫常和八德之一，今日，每一個人全以自己為本位，只有自己，沒有別人，不知道感恩，也不想回饋，只想獲得，不願給予，世風如此，那能奢望孝道揚芬呢？幸好這畢竟不是普遍的現象，由經驗認知：一個孝親的人，不致於禍國；一個愛家的人，不致於害友；一個謹身修行的人，不致於損友漁色……一葉落而警秋聲至，孝道不彰，也是造成社會糜爛因素之一，惡性循環，更助長了社會的擾攘不安。

今天，我們國家是世界公認的亞洲四小龍之一。臺灣幅員狹小，資源有限，我們惟一擁有的就是廉價的勞力和無限的腦力，要把廉價勞力變成富國裕民的資源，就必須倚賴無限的腦力去開發，更要仰仗政府訂定經濟發展大方向，讓人不致迷失……四十二年來，我們走出貧窮，走出頹弱，走出卑怯……我們擁有八百多億美金外匯存底，國民平均年收入達美金一萬元，這是奇蹟，卻不是從天而降的奇蹟，而是全民胼手胝足開創的奇蹟。多少人的付出、多少人的辛勞，我們才有今日。我們年輕一代忽忘了成果的來時路，在享受富足生活之餘，卻忘了父兄當年省吃儉用的辛勞，他們盡情揮霍，盡情追求物質享受，沉迷聲色電玩，甚至於自暴自棄以酗酒、吸毒、狂賭自我戕害，擁有了一切，卻常喊空虛，可以盡情追求學問和理想，卻無病呻吟大喊徬徨和苦悶，別人沒有他們有，父兄創業的美德，他們多半拋棄承傳。假如他們知道感恩，應該懂得惜福享福，進而踏著上一輩的足跡，運用智慧，為下一代創造更美好的未來。

今日社會另一不良現象，就是少數人否定一切變成他的人生哲理，他否定別人的奉獻和成果，卻不否定自己，而且狂妄地肯定自己，這是由於他個人心胸偏狹，缺乏遠識宏觀的人生局面所造成，畢竟是器之小者也，不足以肩大任負艱重為國家開大局。

我們國家經過多少前聖往哲才有今日輝煌文化，經過多少先烈流血流汗、犧牲生命，才有今日這種格局；經過多少戍守金馬臺澎海疆戰士的捍衛，才有今天這分安定；經過多少警察同仁的巡邏犧牲，才有今天這分安寧：經過多少工商業家的苦心開創，才有今日這般富庶繁榮，……樂於付出，社會大眾才有福麻，他們全給否定，不但給否定，而且還企圖摧毀。他們接受了良好教育，享有比別人更廣闊的自由空間，更富裕愜意的生活，承受了別人耕耘的成果，卻吝於為社會人群付出一點什麼；吮吸了母親的奶水，卻辱罵母親醜陋；支取了國家的恩典，卻否定國家的存在；享受了法律的保障，卻詛咒法律污惡……這種醜陋的言行，缺少良知的反省，缺少感恩心理和嚴於責己寬於待人的道德修養。

一個有感恩心的人，當他走過平坦的馬路、觀賞滿園芬芳的花木，享受光輝燦爛的照明，吃到新鮮香純的米飯，嚐到多汁甜美的水果……他們覺得這都是許多人的付出而心存感激，沒有他們的默默奉獻，世界沒有這樣美好，社會沒有這樣富裕，生活沒有這樣要什麼有什麼，想什麼就買什麼。知道感恩，就會自反自省希望對別人也作付出，我們今日需要心存感激的人，不需要自私自大否定別人的人，我們要懂得感恩，希望大家都懂得感恩。

醒醒吧！中國人

日本人寫過「醜陋的日本人」；美國人寫過「醜陋的美國人」，這都是自眾多人事中挑選的特殊個例。如果我們也寫「醜陋的中國人」，未免是自揭瘡疤，很不得人諒解。

中國有十億以上人口，其中良莠不齊，稂秀各別，要說盡是謹守道德、人人優秀的炎黃後裔，那是騙人的鬼話。如果把壞的一面揭露出來，硬性栽贓說是中國人的全貌，那也未免犯了以偏概全的毛病。中國人畢竟芬芳優秀的人事多，醜陋惡劣的人事少。很不幸，「一粒老鼠屎打壞一鍋湯」，少數人的不肖，卻讓全體中國人蒙羞，這也是不爭的事實。

中國人醜陋嗎？如果是，那是少數中國人醜陋，不是全體中國人的醜陋。

貧窮則貪婪，富貴則驕奢，這是人性的通病，古人如此，今人也如此，外人如此，中國人也如此，只是我們當前的中國人在這兩方面表現得更突出。

記得三十年前，我們去教會領救濟麵粉，穿麵粉袋縫製短褲，我們的日子過得恬然自得，苦澀中有馨甜。因為物質生活常感不足，雖然是什麼都想沾一點，卻並不貪婪。今日，我們富了，大陸同胞則在窮苦底層剛冒出頭，貪婪的事例不好一一揭出來。我們這邊貪婪驕奢的行為，則充分突顯出人性的兩個極端的缺點，缺少文化修養的淺薄嘴臉。

穿著講名牌；酒宴講排場；喝高價洋酒像飲開水，整瓶整瓶倒，失去外人品酒的雅趣；大家競爭浪費，競爭用金錢撐面子。那種奢靡之風，連帶造成社會風氣的腐敗和墮落。

俗話說：「富家一餐飯，貧家半年糧。」沒有窮過，不知道等米下鍋的滋味，不瞭解兒女嗷嗷待哺的痛苦。當他們揎拳捋袖，喧嘩鬥酒之際，又有幾個人想到非洲餓黎奄奄待斃的慘狀？又有幾個人想到當年富庶的菲律賓，如今以大量輸出勞工解決國民生計問題的境況，會不會有朝一日讓我們步其後塵？

臺灣金錢淹腳目，這句話不是誇張妄誕，而是事實，只要你肯幹，你就能獲得安康的生活。很可惜我們已經喪失勤勞儉樸的德性，競尚奢華，習於不勞而獲，立地致富。怠惰之性生，貪婪之心隨即跟踵而來。兩千多萬人口中，六年國建招不到勞工，各大工廠，普遍缺少工人。失去了勤勞便失去立國的根本，錢淹腳目的好景，誰能保障維持多久呢？

槍枝足以危害社會安寧，漁民在利的誘惑下，好好打漁的營生工作不做，偏偏與流氓掛鈎，走私槍械，一次僥倖得逞，下次大批湧來。過去，兩造相爭，頂多惡言互罵，惡拳相向。現在則是看誰不順眼，賞他一顆子彈給他嘗嘗滋味；打架不再使用雙拳對兩手，竹枝鬥木杖，而是長短槍出籠，形同敵我對峙，兩軍對壘，把同胞骨肉看作是敵人異類，豈不是悲哀。

漁民貪婪，流氓更貪婪，他們獲得了暴利，社會治安破壞了，善良的百姓不得安居樂業，兒孫的幸福生活，也種下了冤冤相報的禍根，多可怕。

林則徐為煙毒與英國打了一場轟轟烈烈的大勝戰，是後世的民族英雄，也是清朝專制時代的悲劇人物。

百年前，英國帝國主義以鄰為壑，大量輸出鴉片到我國，把中華民族的民脂血膏賺走。一旦鴉片上癮，隨即傾家蕩產，再也無法自拔。當時，全國上下以吸鴉片為時髦，煙舖林立，男女橫身而臥，吞雲吐霧，形同偃屍。國民健康，國家財力，全在煙毒中滴滴漏盡，造成多少父鬻女、夫賣妻的家庭悲劇。我們飽受了煙毒之苦，理應記取歷史教訓，為民族為兒孫惕勵有為。很不幸我們是個健忘而又私利高過公益的民族，少數喪盡天良的不肖分子，自家設廠製造安毒賺取非法暴利之外，而且兩岸中國人聯手自大陸泰國走私海洛因入口，無知青少年，有因好奇而吸毒，有因誘惑而上癮，有因脅迫而失足……於是，我們這兒的煙毒人口，幾年之內成數倍增加。這豈止是貪婪性的表現，簡直是喪盡天良、泯滅人性、殘毒民族健康的蟊賊行為。

孔子說過，食、色、性也。雖然是本性，人人具有，男女相同，畢竟不能放縱本性殘害別人。人之所以為人，原就有分人性在，人無人性，與禽獸何異？簡直不如禽獸！

因為今日太重視人慾，人慾過旺，與禽獸沒有等差。看看今日社會，到處隱藏著色情場所，三級片之外，無處不充斥色情錄影帶，中外皆備，歐亞雜陳，那種惡形惡狀畫面，還不抵雞犬含蓄有節。禽獸有節無恥，人類則有恥無節，今日社會雖沒到當眾宣淫的地步，誨淫誨盜的作法，則是無所不用其極。剛剛成長的男女青年，血氣未定，模仿性強，一旦受到性的刺激，怎不如法炮製，造成社會的淫亂與不安？

娼妓本來是社會畸形發展的一種病象，其存在事實，已有幾千年歷史。中外相同，古今皆然，正如商品經濟，供需之間自有它相對條件。然而把未成年少女或騙或賣或脅迫推入火坑，我們叫她為雛妓，這個令人心酸的名字，成了新聞的賣點，一經輿論渲染，立刻相率成風，無知少女找到一條憑本能的謀生之道，不肖份子更多一道賺錢方法，嫖客淫蟲愈加惡化為奔腥逐羶的蒼蠅。

試想想，多少年老衰朽的無恥老翁，多少臃腫肥胖的富佬，多少貪淫暴戾的年輕男子……壓在一個軀體剛剛成形的小女孩身上，予取予求，需索無厭，有如祖淫其孫，父姦其女，兄凌其妹，雨打梨花，備極摧殘，忍心嗎？

山地女孩，大多稚純而早熟，更多一分嚮往繁華的心理，國中剛剛畢業，便被人口販子騙離家庭，被推入煙花巷裏，據報導居然還有人民保母作穿針引線工作。少女失踪，不知何往？徒令父母日夜飲泣，傷心欲絕。想到由自己身體分裂出來的血肉，不知零落何處？任由豹虎蹂躪糟蹋，飽受煎熬。假如換成是我們自己的女兒姊妹，如何寢安食甘？

這些點點滴滴，是不是醜陋中國人的嘴臉？

兒女都是父母心上一塊肉，最近幾年，幼童失踪的事件時有所聞，案子發生，居然主動破案的事例極少，豈非咄咄怪事。

這麼多幼童失踪，他們去了那兒？

不管是被人拐賣，或是不能生育婦女抱養，縱然給他充分的母愛，最好的教育，優裕的生活，富厚的產業，活生生自別人父母心上剜下一塊肉，怎能忍心下手？

只認金錢，不認親疏，只重利害，不講道義，成了當前社會擾攘的病源。多少人為爭產業而兄弟鬩牆，骨肉相殘；多少人為個人縱慾而謀害親友，其他如擄人勒贖，綁票撕票，設局詐賭，包工程則偷工減料，官商勾結，利益輸送……只見金錢，不辨義利，只為個人，不顧公益，任何害國害民害社會害兒孫的事都做得出來，深夜捫心，毫不愧赧。這張醜陋的嘴臉，是我們中國人嗎？

百病叢生，歸結一個病因，就是貪婪。貪婪起於物慾太盛，物慾與獸性緊鄰相居，物慾蠢動，獸性立刻煽風點火，焚燒了人性空間，人性被焚，那還來天理良知？

誰有這道治病良方？免得中華兒孫沉淪冤淵孽海。我想救自己的還是自己，大家能減得一分人慾，便多存一分天理，天理不滅，社會便多存一分純良和人性，兒孫便多一片善良空間。我們再不窒慾導慾，泯除私心，搞亂了社會秩序，惑亂了人心，害慘了國家，遺禍千百年之後，我們怎麼對得起我們下一代？

醒醒吧！中國人，迷失的人性，趕快找回來。

話廚灶

先民茹毛飲血，穴居曠野，生活簡樸，不需華飾，依情理推測，鍋灶既無必要，亦未興起。到燧人氏發明鑽木取火，生活邁進一大步，漁獵所獲，乃知架灶烹煮，由生食進入熟食，雖然仍然不懂禮讓，爭食攘奪，怒目相向，但那種飲鮮血啖生肉的原始畫面已不存在。人類文化由生食到熟食，就像輪子在科技發展上的貢獻一樣，成為進步的一大轉捩點。

文化是人類生活的點滴累積，一程一程前進，一分一分積厚。因為人類不斷需要才有不斷的創造，創造日多，文化的累積才愈厚愈深，互相濡染，互相學習，互相啟發，我們便一程一程走出野蠻原始，興建居室，縫製衣服，製造舟車，創造文字，制訂禮儀……。彼此見面，不再咿呀舞蹈，乃以語言溝通心聲，以文字記載活動，互訴情衷；不再攘奪劫掠，人我有別，主從有分，抱拳一揖，化干戈為玉帛；露齒一笑，春風駘蕩，轉戾氣為祥和。人類文化發皇斎麗，燦然大備了。

灶的歷史跟火的發明息息相關，沒有火便沒有灶，有了熊熊火光，人類在生熟之間作了抉擇；灶的流佈，也就綿延不息進而多采多姿！

家庭是主婦的帝國，廚房是主婦的殿堂。他們在那個天地行使權力，君臨一切，一盤盤佳餚美點自廚房源源送到餐桌，南北殊味，中西異烹，南菜北吃，北菜南調，中菜西吃，西菜中吃，調和鼎鼐，精益求精，於是，人類有福了，不但講究量美質精，色、香、味、形更是品嚐時的先決條件。烹調由果腹保命昇等為人類文化的象徵，也為藝術的最佳表現。易牙以善烹享譽古今，易牙若是地下有知，恐怕也不由臉緋心愧，自嘆弗如當今人類遠甚了。

老家廚灶，只重實用不講修飾，多數選在偏間僻屋，雖然廣闊，卻是大而無當。大灶一隻，巨鍋兩口，一邊炒菜煮飯，一邊煮飼料餵牲畜。工作檯一張，鍋碗瓢勺，切剁削斬，全在這張工作檯上做文章。沒有碗櫥，亦無冰箱，更少一隻巍然屹立的煙囪。所用燃料，夏天燒木柴，冬天燒木炭；春天多雨，氣候潮濕，一擔木柴砍回家，不及晒乾，便得送進灶腹為一家溫飽而捐軀就義，濕柴燃點低，只有灶門才可通風送氧，只見母親嫂嫂伏在灶門口一股勁用吹火筒送風輸氧助其燃燒，火小煙濃，滿屋子瀰漫嗆人的煙味，煮得一餐飯熟，一家主婦全是一把鼻涕一把淚，滿眶濕紅，淚眼迷濛。好在家家如是，大家都知道他們在為三餐熟飯煎熬所苦。不明就裏的人還以為挨了凌虐受了氣，剛剛飲泣吞聲才罷。

儘管老家屋後綿延一片蒼莽的森林，由於取之者眾，育之者寡，日伐月取，那能供應裕餘？孟子說：「斧斤以時入山林，林木不可勝用也。」何況建造房屋，製造家具，非要棟樑大材不為功，這都是民生問題，不能畸輕畸重，顧此失彼。因之，秋天大家改燒稻草豆萁，好讓林木休養生息，蓄積生機，來年春發，滋榮發皇。

稻草質輕性柔，極易燃燒，送入灶腹，立見火光熊熊，頃刻間便化為烏有。畢竟不是凌霜雪而彌勁的松柏檜楠，經過千年煎熬百年錘鍊，即使戕伐為薪，也是保得一身傲骨滿材勁氣，轟轟烈烈，光輝燦爛，燃燒自己，福澤蒼生。松柏之性，有如烈士忠臣，只見一義，不見生死，保得人間正氣，永作世人典型。

豆箕較之稻草多分勁烈，而且經久耐燒，入灶之後，只聽見噼噼啪啪之聲不絕，聞其聲而揣其意，想必不是詬誶，也是抗議。想到曹植「煮豆燃豆箕，豆在釜中泣，本是同根生，相煎何太急」的詩句，也不由為豆箕抱屈，豆箕何辜？先就做了犧牲，何曾有豆子那分從容時間哀哀而告呢？

冬天酷寒，冷冽的北風掠過簷角樹梢，發出刺耳的嘯聲，教人汗毛倒豎，不得寧帖；氣溫通常在一二度到零下三四度之間，田裏剛剛翻過的泥壤凍得頭角崢嶸；農忙已了，室外活動一律停止，大家全躲在屋內烤火取暖；一旦下雪，大地白茫茫一片，雪花覆蓋著森林莊稼，冰溜懸在屋簷樹梢，儼然墜青玉懸瑠璃，極其晶瑩剔透。只知「今朝有酒今朝醉，明日愁來明日憂」的麻雀，凍得啾啾亂飛，為飢火難熬而求告無門。麻雀防危慮患的智慧，還不及儲糧過冬的螞蟻。人無遠慮，必有近憂，先哲之見，一針見血，人如此，萬般生物都當如此。

農家生活，全賴農產收入，農產多寡又受農地大小影響。農人除了按時春耕夏耘秋收冬藏之外，很少懂得貿遷有無，或從事其他副業，博取利潤，以資挹注。阡陌連綿的富農，反正倉實廩盈，不虞匱缺。佃農的土地本就有限，除了交租納稅外，能夠餵飽一家大小肚皮那就算是僥天之幸了，因之，到了嚴寒迫人，冷風裂肌的十一月，還得在廚灶間燒雜草松針煮熟三餐飯。此時此際，灶門成了闔家大小聚集之處，爹娘兄弟，圍在灶門旁談笑取暖，雖有不足，卻獲餘歡。到了年二十四前數日，新歲咄咄逼近，喜氣迫人，才不得不用雞公車推一車燃煤回來，此後，主婦不用在大而無當北風蹈瑕抵隙的廚灶間燒飯煮飼料，這才歡歡喜喜將起坐間長久未用的煤灶清理乾淨。燃著煤塊，碗大的火口伸吐著藍色焰光。捲著紅色火舌，煮飯炒菜燒水全由廚房轉移陣地而來，這間房子成了歡樂所在。晚餐時分，燉一鍋白水蘿蔔，味雖清淡卻能令人暖氣沸身。全家大小像是包容在暖融融的春陽裏和煦怡暢。火光產生溫暖，也凝聚力量。

戰亂使我離鄉背井，卻也讓我見識過江南垂柳千條，艇楫劃破水光寧靜畫面的美景；秦隴高原黃沙漫漫的壯觀；無際碧草翻成千層浪、牛羊湧出萬堆雪的塞外風光；萬頃綠浪滌不淨人間恩怨愛惡的海洋景色……。抵達臺灣，正是四十年前後，觀察過本省同胞的生活細節後，我發覺這兒的進步情境，比之封閉的老家，至少超越二十年。別的不說，單以用電來說，處處電光灼灼，路燈閃爍，入夜以後，大地如一席鑲水鑽地毯，黑藍為底，光耀奪目，多麼迷人，那是我們當年點火把趕夜路的情景可比？

當時少不更事。除了滿腔「還我河山」的壯志外，就是多一分遐想和綺念，一心希望勝利凱旋還鄉，頭戴雙眼花翎，身著長袍馬褂，一乘花轎吹吹打打將心愛的人兒迎娶回家。誰知道緣分天註定，中外古今，不相愛的雖強求不能結合；相愛的，無情棒也打不散一對愛鴛鴦。不知不覺間，自己居然跟拙荊的愛情瓜熟蒂落，待彼此在結婚證書上蓋下至死不渝的互售契約後，這才親自領受到張羅柴米油鹽醬醋茶的滋味。

四十八年，經過多年的經濟建設，國民生活水準普遍提高，吃用穿住，都像啃甘蔗而漸入佳境，廚灶也在進步中漸起變化，老百姓通常燒劈柴或蔗葉。劈柴體積大而耐燒，煮熟一餐飯，七八根劈柴便足。蔗葉性同稻草，結紮成捆，塞進灶腹，火旺力強，所耗雖多，主婦絕對可以避免濃煙薰目的煎熬。別看輕一隻灶效用並不廣大，它倒是胸懷坦蕩，兼容並收，無所不納。軍眷論口配發焦煤三十斤，焦煤用草袋包裹，一包三十斤，燒水煮飯，頗能克盡職責。

燒焦煤必須具備好的引火料，先將木柴劈成細條，交叉架在爐條上，劃著火柴，點燃引火料，再擱上煤塊，立用棕櫚扇猛搧，若是順利，十幾分鐘內便可煮飯炒菜。倘若焦煤品質不佳，復又引火料燃點低，一頓飯也得煞費一番功夫。

人是智慧的動物，自物質生活到思想學術，一直在一種不滿足的狀態下追求新境界，由於不滿足，才有不斷的發明和創造，豐富我們的歷史和文化。

可能是南部燒焦煤的戶數多，大家同感搧扇子是件苦差事，於是有人發明手搖風機，別看這小東西結構簡單，它給主婦帶來的貢獻卻是莫可比擬，只要把風機口對準爐門，搖動把手，強勁的風勢，便把爐火搧旺了。

焦煤雖然火旺易燃，但餐餐起火，費時費事，頗不經濟，部分人家便採用煤球，一個煤球可燒半天，兩個煤球入爐，只要把爐門關緊，半夜不會熄火，不煮飯，擱一壺水在爐口上，沸沸有聲，沖奶粉，泡熱茶，隨時有開水供應，不必臨時起火燒水沖茶以款客人的窘境。

煤球的缺點是煤煙重，如果關緊門窗，得不到新鮮空氣調節，全家大小很可能就會引起一氧化碳中毒。

火種發明，給主婦帶來無邊福庥。火種是項什麼樣的化學物質？我不清楚，它捨身奉獻的精神實堪領枚勛章，三兩粒火種擱在爐條上，劃燃火柴，擱上焦煤，只管神情泰然地搖動風機，不必發愁火種熄滅重起爐灶，頃刻間便有一爐熊熊烈火供你應用。

紅泥木炭爐是爐的附庸，大爐煮飯炒菜，它則默默蹲在一旁燉湯燜肉，無怨無尤，不爭不較，十足一種卑小人物風格，此分謙遜情懷，縱少巨功大動，卻有大樹將軍馮異不矜勞不伐功的風度。

收入豐裕的家庭，不是用煤油爐，就是用汽化爐，汽化爐是煤油爐的新生代。煤油爐靠棉線蕊子的毛細管作用附著煤油起火。汽化爐則是靠打氣使煤油成噴霧狀而引燃成火，火大力旺，燒起來吱吱有聲，不但是分聽覺上的享受，也是一種氣派的表現。由於不同構造產生不同的火力，前者像是溫文儒雅的讀書人，風度翩翩，瀟洒自然；後者則像是使兩把大斧的李逵，橫眉怒目，三句話不對胃口，就要準備打架了。

電力開發，是推動經濟發展的動力，用電多寡，可以看出一個國家國民生活水準的高低。電力對一個家庭來說，不止限於照明，它還可以燒水煮飯，於是，電爐應時而出。起初，大家使用五百瓦的電爐，可惜火力微弱，以之燉湯、滷菜、燜肉，倒是不溫不火，恰到好處。煮飯炒菜，就不免顯出「急驚風遇見慢郎中」那樣步調難諧。以後，有人動腦筋發明兩條爐絲分別為五百和一千瓦的電爐，不搶時間，一千瓦便能綽有裕餘；若是客多時間緊，兩通開關同時打開，一千五百瓦的電火便能肆應有餘。

「江山代有才人出，各領風騷五百年」。未幾，電爐的風光日子已盡，瓦斯爐突然崛起，搶去電爐地盤，獨領風騷，成為主婦的寵兒。剛開始，瓦斯爐只有一圈火光，歷經改造，嗣後，便有大小兩圈的爐具出現，啟動掣閘，立見強烈的火舌翻飛捲掃，燒得鐵鍋吱吱喊叫。不僅此也，烤麵包有烤麵包機，烤雞烤鴨有烤箱，燉鍋、高壓鍋、果汁機、微波爐，國產、日本美國歐洲產，產地不同，互別苗頭，分工合作，互炫本領，減輕了廚灶的工作負擔。主婦們到這步境地，要什麼有什麼，想什麼就買什麼，洗碗滌菜，還得要兼顧玉手的保養，免得皮厚肉粗，影響美觀，真是前生燒了好香，今世享盡人間福澤。

我是一個介乎中低收入之間的一個家庭，廚房不算豪華，也有三坪大小，凡是一個現代家庭必需的廚房用具，我家全有；拙荊由少女時代燒蔗葉邁進今日燒液化石油氣的境地，可以說是多年媳婦熬成婆，飽經滄桑，打開水龍頭，便有消毒嚴密的自來水汩汩流出，用不著肩挑手挽去井邊河畔挽水挑擔，啟開瓦斯，不必重溫捆蔗葉劈木柴的舊夢，按動除油煙機，油煙立刻蓬蓬抽出，當年濃煙嗆人的歷史不再重演。而且，超級市場雞鴨魚肉、青菜作料，分類包裝，樣樣現成，選購回家，塞滿冰箱櫥櫃，一個星期不必上菜市場。客人光臨，隨便調配，便有八九色菜上桌，絕對不顯寒酸。今日，當一位家庭主婦，真的像是君臨天下，鍋剷如權杖，喝叱隨興，威風八面！

前些日子，我去拜訪一位事業有成的朋友，他們夫婦堅決留我吃中飯，以我們的篤厚交情來論，他們夫婦煮飯炒菜，我也義不容辭幫著做些雜務，待我走進他家廚房一瞧，我不由驚訝的喊：「怎麼這樣闊氣？」這位朋友的廚房六坪大，一切設備全屬歐洲進口，吊櫥裏吃喝飲用的物品應有盡有，羅馬式磁磚舖地，四面牆磁磚鑲到屋頂。朋友夫婦一面幹活，一面看電視聽音樂兼吃零食，談笑風生，情調特佳。我不由感慨的想，今天的家庭主婦，下廚工作，簡直是種高級享受。

老祖宗遺傳下來的舊式廁所，通常設在偏處，簡陋陰暗，要想方便，居高臨下，夏多蛆蠅，冬則冷風砭肌，一旦內急，有如巨石墜壑，只聽呼呼之聲而下，半天，回應一聲「叮咚」，穢水隨之激越而上，濺得臀部點點滴滴，好不噁心。沐浴更是因陋就簡，將就對付，談不上清潔衛生。朋友家的衛生間也是六坪大，一律棗紅色設備，浴缸放滿水等於一口小游泳池。坐在抽水馬桶上，絕對神閒氣定，悠然自得。羨嘆之餘，我不禁想，活著真是幸福。一些高級家庭的廚浴間我無緣見識，單是我這位朋友的生活水準，就夠使我瞠目結舌，開盡眼界。

一頓酒醉飯飽的午餐，吃得我敞胸坦腹，不勝負擔，驅車回家，我的思潮有如萬馬奔騰，不得平靜。

廚廁浴室只是生活中的一部份，我們由燒蔗葉進入到燒液化石油氣，由蹲毛坑進入到裝潢富麗，講究情調氣氛的大型浴池及沖水式廁所，這分成果，得來豈是偶然？由小窺大，推此及彼，倘若我們的經濟建設不進步，國民收入不高，一天三餐都混不飽，怎可能在廚廁浴室上「大做文章」？讓香臭兩個極端，可以聽音樂，從容「工作」，獲得一分舒適享受呢？

前幾天，讀到香港時報一則小新聞，說是我們魚米之鄉的湖南，由於「農業學大寨」的結果，許多山坡地墾拓種植作物，樹木被砍伐，柴草被剷除，結果水土不能保持，作物亦不豐收。到了冬天，老百姓無柴可燒，只有採取殺雞取卵方式刨草皮挖樹根，這樣惡性循還，相剋相制，相輔相成的自然生態環境被破壞，妄想人力勝天，恐怕只有回到太古時代的洪荒世界了。

每次看到拙荊在廚房中呼風喚雨，左右逢源的工作情形，想到母親那代所過的日子，我忍不住憤懣不平的喊：

「媽，你太受委屈了，為了兒女的幸福，你一生省吃儉用，忍凍挨餓，一天能吃三餐飽飯就覺得是人生大福，缺油少鹽，更不用能夠吃肉呷魚了。假如你生在今日，我保證你不會怨艾女人命苦，活著是受罪。你會覺得做女人是分榮寵，當中華民國的國民是分得天獨厚的享受。」

腥臭不忌談外遇

「外遇」這個名詞想必是外來語，雅而不俗，麗而不淫，把男女之間的婚外行為美化得叫當事人覺得理直氣壯，不相干者亦不以為怪。不像以前實話實說，名之為「偷漢子」「偷婆娘」那樣粗鄙無文。

兩性間的關係，究竟是一夫多妻制好？還是一妻多夫或是一夫一妻制好呢？可能因為文化、傳統、風俗習慣不同而各有理由。大體上說，為了個人和社會健康，並且維持人人享有天倫之樂的權利，免得多則撐死，少則餓死，分配不均的情事發生，當然還是一夫一妻制比較理想。

人人貪得無饜；不講財貨名利，單就異性佔有慾來說，就有「韓信將兵，多多益善」的心態。像歷代皇帝，三宮六院，妃嬪媵嬙，不可勝數；椒房多寵，溫香軟玉滿懷抱，春光綺麗，造成宮闈多變，水火難容。得寵的，天天雲雨，夜夜巫山；不得寵的，望斷魂夢，孤枕淒寒，大好青春葬送在美麗的宮闈囚房裏。不僅此也，皇帝只要高興，隨時可從眾多宮女中挑選一兩位侍寢，沾腥帶臭，偷雞摸狗，還美其名曰「臨幸」，何幸之有？一個綺年玉貌的女人，一旦被皇帝幸了，就得從一而終，能否與這個色魔結為夫妻，命運難卜，若不幸打入冷宮，更是苦處難說。

中國歷代皇帝如此，外國皇帝也是「天下烏鴉一般黑」，人人花心，個個色狼。皇帝行之於上，官宦富商，地主財閥，只要經濟允許，三妻四妾，誰也不會有異議，反正是大家同好，當然沒有人評是論非，替女人叫屈，除非是那些「吃不到葡萄說葡萄酸」的窮措大。

回教國家採取一夫多妻制，一個男人娶三四個妻子那是平常事，像十九世紀土耳其的阿西芝蘇丹，居然擁有后妃一萬二千人，創下世界絕無僅有的多妻紀錄。這種現象，左擁右抱還不能形容，名之曰「溫柔鄉」「肉慾陣」「女人牆」應不為過。不知這位仁兄那有這麼大御妻本領？雲雨均霑，讓一萬二千個后妃，個個心平氣和，謹守閨訓，專心一志侍候他們的「共夫」。分多而潤不寡，望多而怨興，妻子而不外遇者，可能很難。

皇帝如此，后妃呢？歷史上呂后、武則天、韋后、慈禧是幾個頂出色的人物。禮記玉藻曰：「動則左史書之，言則右史書之。」漢書藝文誌曰：「左史記言，右史記事，言為尚書，事為春秋。」記言記事都是讀過孔孟書的文人，這些文人對文字運用具有極高妙的技巧，春秋一字之褒勝於華袞，一字之貶勝於斧鉞，褒貶含蓄，等於罵人不帶髒字，以防開罪別人，所以，文字表面看不出褒貶所在，深入裏蘊，就能暸然忠奸嚚頑之別在那裏？在中國正史上，后妃外遇的事記載不多，而且這些史家為了保護自己那顆腦袋，誰也不敢冒滅族的危險，秉筆直書記下宮闈淫亂的勾當。除了武則天在正史上可以隱約找出一些蛛絲馬跡外；稗官野史，倒是極盡想像之能事，添油加醋，渲染得厲害。其他后妃自有史以來好像個個柏舟青操，貞固清亮，誰也沒有半個相好什麼的。

外遇是構成家庭破裂的主要原因，中國人不像歐美人氏開放，對兩性間的關係也是基於需要，等於吃飯飲水，餓了就吃，渴了就喝，逢場作戲，吃酸喝辣，各取所需。中國人不行，「志士不飲盜泉水，廉者不食嗟來食」，「餓死事小，失節事大」，「忠臣不事二主，烈女不事二夫」。一個同床共枕的妻子或丈夫，那容得下他與別人亂譜鴛鴦曲，療飢止渴，因之，對外遇這個問題也就格外在意。本來情人眼裏揉不進一粒砂子，雙方都有彼此絕對的所有權，愛之深當然恨之切。誰說眼裏能揉砂子，他如有這分能耐，他就不妨試試。

孔子曰：「食色性也」，既然色與食同樣是人的本能，男女自然相同，男人貪得無饜，女人也想平等互惠，男人想作偷腥的貓，女人望作出牆的杏，只是大家基於面子，礙於禮法，把內心那股蠢蠢欲動的欲望壓抑下去罷了。

其實，外遇並非什麼新發現，自古已然，傳承有自，只是有人明目張膽，有人偷偷而為罷了。人人都有好奇心理，尤其對異性的追求，比爬山釣魚更多一分刺激。幾十年的夫妻久了，難免產生厭倦感，好奇加上新鮮，就像吃飯換館子，天天川湘、日日蘇揚，膩了，就想找家粵菜臺菜換換口味；上久了大館子，偶然去路邊攤吃碟海蚵煎或魷魚羹也覺新鮮有味。以食比色，不太離譜，外遇就是如此而已。

別以為男人西裝革履，道貌岸然，他就是個正人君子；女人目不斜視，行止雍容就是一個貞婦。因為他們為父為夫，為妻為母，不敢越出半步禮法，果真是個標準的道德重整會會員，如果直探他們內心，他們何嘗不希望有另外一位新鮮人陪他聊天、喝茶、散步，……只是他們能夠堅持自己立身處世的原則，遵守禮法，壓抑欲望，嚴密保護為父為母的偶像，不因一時貪快而毀了，才不曾成為「外遇」道上的同路客。若是換處陌生環境，心理壓力卸除，道德不再有約束力量，他們何嘗不想輕鬆一下自己呢？

人是一種很難理解的動物，許多外遇案例，並不完全是基於某種本能需要，而是兩情相悅，說話投契，正如「烏龜看菉豆——對了眼」。既然男女互相有好感，彼此聊天、喝茶、散步，也應該是椿快意事；怪就怪在這裏，彼此靈犀相通，情投意洽之後，常常在情不自禁之下有了進一步接觸，一旦衝破了禮法，撤除了心防，便會把生命全部投入，情勢有如「盲人騎瞎馬，夜半臨深淵」，也不以為危了。

古人外遇多少有些顧忌，「待月西廂下，迎風半戶開」，偷偷摸摸，遮遮掩掩，嚐了甜頭，立刻知足撤退；地點多數在後花園或者假山後，還有丫環探路，侍女把風，共襄好事，這叫做「偷情」。歐風東漸，洋式生活全搬了來，男女平等，行動自由，男人要偷嘴，女人想嚐新，一通電話，約好時間或地點，立刻準時而「遇」。那些開賓館飯店的「慈善家」，推己及人，愛心廣被，大開方便之門，投宿休息，廣納眾收，一體歡迎，助長了外遇事件的氾濫。

現在的夫妻感情，好像不如父祖輩堅貞，過去，男人有外遇，女人頂多在家怨嘆紅顏薄命，遇人不淑，即使憤懣難宣，吵嘴打架是極限。現在可不同了，丈夫一旦有外遇，男女平等，甘苦共嚐，做妻子的也不甘示弱，為了報復，也不由如法炮製一番，丈夫在旅館陪女友，妻子便在賓館伴相好，一報還一報，誰也不吃虧，猗歟盛哉，妙不可言，結果，誰也不曾撿到便宜，倒是讓那些性病醫院和婦產科診所發了財。

今天，人心貪婪而現實，男女相愛，必須條件優越，吃喝玩樂要有充分的金錢供應不匱，像羅密歐與茱麗葉那種醇厚不雜的愛情很難得見。外遇的條件雖然可以因為是「逢場作戲」而減低一點，但男人英俊而多金，女性貌美而妖冶仍不可少，相互間具有一種強大的吸引力，一見鍾情，欲罷不能，幾句閒話一講，內心便不由偷偷地接納了對方，經過幾次約會，立刻會情不自禁墜入情網，最後，有的為金錢，有的為需要，各取所需，供需平衡，皆大歡喜。像那些貌陋而又窮乏的男人，姿惡而又粗鄙的女人，他們同樣有七情六慾，一旦相愛，全身投入，並不因為金錢地位而有差減，轟轟烈烈，不可遏止。

雖說人人都想外遇，而且，幾乎是今日年輕夫妻盛行的風氣，若為家庭、社會、兒女和個人名譽人品想，畢竟還是沒有外遇的好，雖說「大德不逾閒，小德出入可也」，一有出入就會妻離子散，讓無辜的孩子承受父母的罪愆。所以，丈夫不要逢場作戲，妻子不要意圖報復，這種事就像吸毒，那就難以戒絕，最後不是「玩火者必自焚」，就是白刀子進紅刀子出，弄成一場悲慘結局，實在犯不著，這條夜路走不得，還是小心為妙。

吃要講理

我們中國人好吃。好吃是本性。嚐盡天下美味固是人生一大樂事，若是吃得過分而且超過生命生存的需要，那就謂之為「饕餮」了。

西洋人重營養，我們中國人重味道；西洋人重人權更重獸權物權（這是近幾年大夢初醒後的事），我們中國人吃將起來，則是以人為第一，以口腹之慾為首務，只要自己吃得舒服，吃得胃口大開，至於物權獸權，那是一樁荒誕不經的事，因之，活割驢肉、活烤鵝掌、活燒鯉魚、活剖猴腦，吃得殘忍，吃得血腥。五千年歷史文化並沒涵育出我們人獸平等的惻隱之心來，簡直比茹毛飲血穴居野處的先民尤有甚焉。

由於不重獸權物權，所以人人心裏有我無人，只要自己活得好，管別人血膏兵刃，頭吻鏑鋒，這其中尤以政治人物為甚；權力大過民族存亡，個人高過群黎生死，所以，中共蔑視人權，廣設囹圄，美國祭出停止關稅優惠的大旗，中共當政人物反正是吃了秤鉈鐵了心，一口咬定不放鬆，最後柯林頓不得不見風轉舵，趕緊把人權與經濟分開，灰頭土臉自己找個臺階下。中共這種不重人權的政治巫術，可能也是自吃的文化衍生出來控馭人民的大經大法。

吃原本是為了基於生存需要，一餐不吃便覺飢腸轆轆，三餐不吃勢將氣息奄奄。把吃超過生命所需，而且在變化上大做手腳，大出花樣，上窮碧落下黃泉，吃遍動植潛藏，那豈止是饕餮而已，簡直是地球生物的大剋星，大毒蟲。

窮苦人家吃飯是為活下去，活著也不過是為了吃那三餐而已，窮年累月，忙忙碌碌，全都為了填飽肚皮，偶然有餐豆腐燉肉，那就舉家歡騰，樂不可支。想起來真不免有些悲哀。所以，歷史政治人物都懂得「國以民為本，民以食為天」這項政治大道理，一切措施全然著眼於人民那張嘴巴和那張肚皮。一旦連年旱澇，民食匱缺，人民四處謀食，甚至於易子而食，縱使黔首無言，卻是民怨可以潰天；這個政體也就差不多到了解體崩潰的邊緣。怎樣讓人民吃飽三餐飯？那是國家的大事。看看歷史上的改朝換代，都是因官貪吏酷，饑饉荐臻，然後才有兵荒馬亂，盜匪橫行，最後梟獍稱雄，轉飢民為軍力，兼併群雄，江山易主；為了收拾民心，轉亂為治，詭稱為應天承命，惟歸有德，也許一個吃得飽的日子便將來臨。

歷來文人懸樑刺股，十年寒窗，也不過是為了一隻飯碗。因為單靠一把鋤頭一張犁絕對翻不出自己一片好天地；若靠舌耕硯田，全屬仰人鼻息，頂多讓家人菜裏多匙油而已，前景有限。只有仕宦一途，廩餼不匱，黑心一點還可刮地皮，巧立名目撈錢，因之，妻室兒女穿則綾羅錦緞，吃則山珍海味，寒素翻身，所有辛勞全部自吃豐食厚中有了補償。

藏富於民這句話，可說是千古不易的政治哲理，民富則國富，民窮則國弱。可是一旦民富國強，吃的文化也隨之跟著改變，奢靡之風也繼踵而來。

記得四十年前，臺灣上下都是茹苦含辛過日子，吃肉叫做打牙祭，偶然燉碗紅燒肉，舉家上下不由開顏歡心。朋友來訪，也不過數菜一湯而已，葷腥只是點綴，青蔬才是主菜。生活雖苦，個個活得有希望。四十年後的今天，我們民富國強了，浪費之風，奢靡之習，幾乎到了暴殄天物，人神共憤的程度。

當今中西餐館林立，烹調技術層出不窮。酒宴流連，互宴成風。有人把邀請出席酒餐會視為身分特殊的象徵；雅好清簡生活的人，則視為痛苦的負擔。數千元以至三幾萬一桌的酒席，居然吃得不皺眉不揪心，整盤整碗的菜倒掉是常事。我兩次回大陸探親，看到親朋戚友每餐只一味素菜佐餐，吃得斯斯文文，吃得心疼珍惜。我不由嗟喟我們的飲食習慣太過侈靡浪費。臺灣富家一餐飯，大陸同胞數年糧，兩相對照，這是千真萬確的事實，不是聳人聽聞的誑語。天佑福人，我們這般不惜福，像我這個一向儉省慣了的窩囊廢，也不由愧赧難安。

我們老祖宗一向教訓我們勤以治家，儉以自奉。生性勤儉的人，自然懂得必須先耕稼然後才有收穫，不得儻來之財，不貪倖致之物。工作起來也較積極勤勞。只有生性怠惰的人，才會妄想一夜致富，一旦事業有成，用錢便沒算計，生活沒有明天，吃將起來也是今日有酒今日醉，明日愁來明日憂，出手大方，揮金如土，人人習以為常，當然助長社會奢華浪費之風。

本來吃得不多影響健康，吃得太多助長疾病，過與不及都是缺憾，能夠吃得恰到好處，那才是治家養生的一項大學問。

今日臺灣物質生活的豐富，歷史上任何一個朝代也難比擬。兩黨政治這般惡劣，民意代表這樣私心自用，惡形惡狀，也不是歷史人物所能望其項背。民主時代重選票，選票又是無知的多數決定知識的少數，因之阿狗阿貓便可在一夜之間騰身要衢，直達中樞，學識人品都不重要。不像古人十年寒窗，真要讀破萬卷書，多多少少顧忌一點氣節人品。時代不同了，知識多寡？人品好壞？無關宏旨，只要敢於當勇夫做潑婦，罵打砸殺敢作敢為，便會大紅大紫；至於別人千手所指，萬口唾罵，他一點也不在乎。

富而無禮，達而無品，貴而無守，這就是我們當今臺灣社會的縮影，真叫人悲哀。

人富了，吃用都無節制，中生一代的家庭主婦沒有經歷過貧苦生活，每每到了超級市場或百貨公司，只要我喜歡，立即大批大批往家搬，也不管有用無用？等冰箱衣櫃無處容納時，復又大批大批往垃圾箱裏丟。據服務清潔隊的朋友說，每逢年節，垃圾箱裏經常有整隻火腿和整盒腐爛的水果。至於衣物，要沒舊衣收集中心作處理，又不知要忙煞多少清潔隊的朋友？節用愛物是古訓，我們現在已經失去了這項美德。

營養學家講究吃得平衡，平衡是項大學問，治家要平，父母對兒女要平，左右上下之間對待要平，施政要平，……施為平人心才能平，人心既平，國家社會自然安寧康福，一片祥和。一個人的營養攝取平衡，便可免除健康狀況的畸輕畸重。所以，與其吃得過味，莫如吃得清簡，與其珍饈佳餚羅列滿桌，莫如三味菜蔬一味葷品吃得珍惜為好。福不逾分，食不逾量，這才有餘不盡。若是有福享盡，浪費物資，把兒孫的福麻都支取盡了，豈是一分福受？恐怕還得招來業報。大家節約一些吃用吧！

菩薩也難當

人人都有做一行怨一行的經驗，為什麼怨？沒有成就，工作序律一成不變，主管嚕囌、不信任、不肯定，同事情感不好，工作性質與志趣不合，壓力重等等因素，以致產生工作疲勞感。尤其眼看書讀得沒自己好，能力沒有自己強的同事同學，工作職務，個個一帆風順，成就不錯，自己一直窩窩囊囊混三餐，誰能不怨？

怨沒關係，改行嘛！改就改，什麼了不得，又不是金飯碗，換了別種行業照樣混三餐。於是，改行另就他業的人愈來愈多。只有菩薩，始終都得幹菩薩行業，不能改行，不能怠工，不能有半句牢騷話，反正是你想幹也得幹，不想幹還得幹。當菩薩這樣不自由，誰願當菩薩？仔細想來，此話差矣！三百六十行，行行有人幹，菩薩行業的苦樂，菩薩自家知道，有苦無甜，當菩薩幹嘛？而且菩薩一向心地良善，愛被群黎，懷著我不入地獄，誰入地獄的仁慈心腸；地藏王菩薩曾經立誓：「地獄不空，誓不成佛」。你想想，菩薩具有此種心腸和胸襟，再苦，也是心甘情願。

當菩薩要有一副大肚量，就像如勒佛那樣大腹便便，容不能容的人，容不能容的物，而且還要眼睛不能太明亮，耳朵不能太聰明；事事和稀泥當然不可以，大小事情都要插手管一管也不必；最好大事自己管，小事決定原則後由手下管，逐級授權，分層負責。不過，對下屬必須嚴加考核，此與遴拔人才，判定優劣，決定升遷有關。所以，下屬的品德要清廉，操守要嚴謹，生活要儉樸，工作要積極。宅心要仁慈，方法要落實，不貪心、不收受賄賂、不結黨營私、不炒地皮、不放高利貸、不拉關係、不走後門、不假公濟私、不拿回扣、不援引親友、不攀結權貴、不推卸責任、不遲到早退，不陽奉陰違、不面善心惡、不耍權術、不鬥心機，做事負責到底，送佛送到西天。擁有這種好部屬，大菩薩才能工作輕鬆、心情愉悅，把工作當快樂，把祈求當責任。不然，大小事情一肩挑，多苦，誰願幹？

小菩薩多跑腿、大菩薩多動嘴，出力的出力，用智的用智，都辛苦。不過，大菩薩要能有功則獎，有過則罰，不能聽小話，寵佞倖，若是事情全交小菩薩跑腿出力，自己落得受賞戴譽，功過不分，公私不明，也會造成下怨深積，群眾離心，到時候失去擁戴，無人差遣，大菩薩怎能當得下去。

黎民百姓一向沒權力，沒地位，沒錢財，沒人脈，好事輪不著，禍事偏偏會光顧，一旦遭遇不幸，告官不管，報警警吃案，只有向菩薩訴苦，求菩薩保佑，一肚皮冤屈告訴了菩薩，至於會不會獲得福祐？反正菩薩會給自己作主張，自己心安理得，以後的事也就不必聞問了。

今日是個金錢、權力、公關糾纏不清的時代，有錢可以買到權，有權則可撈到錢，公關好，也能在錢權之間無往不利，討到好生活、好差使，逢凶化吉，事事順手。黎民百姓那有這好處，只有向菩薩吐苦水、求保佑、替自己作主張。

海峽兩岸的寺廟特別多，有的寺廟專供一尊神靈，那是屬於專廟；有的寺廟則是儒釋道三教神靈一體供奉，應該稱之為合廟。我想，如果專神有求必應，事事都管，豈非越界辦事，侵犯其他神明權力？合廟神多，誰為最尊？誰為從屬？如果職掌分明，各幹各的行當，倒好辦事。若是業務劃分不清，職守不明，該管的事沒人管，不該管的大家爭著管，有油水的爭著管，出力不討好的事沒人管，推的推，拖的拖，豈非是怠忽職守，有負蒼生喁喁之望？另方面，若是有神唯我獨尊，專擅攬權，有神鈎心鬥角，結幫拉派，打倒這個，鬥垮那個，壞了合廟一體同尊的規矩，影響團結和諧，也不太好。

寺廟為清修之地，素來風景秀麗，林木蓊鬱，因為有神靈鎮守，信眾經營，多數都是建構宏偉，堂廡典雅；因而常常招惹許多人遊覽觀賞，一則遊目騁懷於景色，再則，得以瞻仰神靈威赫，看看香火鼎盛之狀。

平時，我也喜愛逛寺廟，借著寺廟的幽靜氣氛和葱秀景色調養自家心靈。在歷觀各類寺廟中，我發覺有的寺廟香客小貓三隻兩隻，香火冷落；有的寺廟則香客擁擠，香火鼎盛，供奉的果品三牲堆滿整桌，奉獻香裏的燈油錢鈔票誘人。香火冷落的神靈，閒著無事，腥羶都缺，究竟何以為生？香火鼎盛的寺廟，有葷有素，有錢有人，物質豐富，生活當然不虞匱乏。這情景類似人世間的窮苦人家三餐不繼，一旦面臨急變，四處告貸，鐵定吃閉門羹。豪奢門第鐘鳴鼎食，一副熱鬧興旺氣象，親戚朋友間，說一是一，說二是二，不打回票，沒有二諾。當道者車如流水馬如龍，不當道者門前冷落車馬稀，豈不教人感慨萬端。是神威不足？抑是人心趨炎附勢，專往旺灶添柴燒火呢？人間如此，神界也如此，真教人納悶。

凡是燒香拜神的平民百姓，多是有所求而往，有人求財，有人求祿，有人求壽，有人求福，有人求子，未婚男士求個美貌妻子，待嫁小姐求位如意郎君，夫妻反目的咒對方早死，事業不順的求鴻圖大展，兒子當兵的求神靈保佑，丈夫遠遊的求神靈護駕，丈夫大陸經商的，求莫變心再娶大陸妹，出國遊學的男士，求妻子不要紅杏出牆，生病的求早日痊癒，纏綿床榻的求早死早超生……於是，提一串香蕉、六個蘋果、一包米菓、兩包花生糖以表寸心，供奉的少，要求的多，菩薩管生管死管福管禍，這一點點「賄賂」，卻要請菩薩辦那許多事情，我不知道菩薩會不會計較厭煩？再說，任何神靈，單獨一個怎能辦好事，身邊必有機要、參謀和侍從，底下應該還有一些直屬部隊供差遣，他們不支月薪，不下條子攤派，不設路卡收費，沒有公休，天天為一群凡夫俗子施福降庥還兼護從，奔走不遑，寒暑不避，依舊勞怨不辭，一股熱心腸，不罷工遊行，不要求調高薪水，更不要求回歸「勞基法」，按時上下班，假日照樣不公休。神之所以為神，偉大處就在這裏。

前幾日，我先去指南宮再到行天宮拜拜，我拜拜只是向神靈致敬，素來不作要求。那天，只見正殿香煙繚繞，信眾擁擠不堪，你祈求，他禱告，一片喧嘩，吵人欲聾；尤其是煙霧薰人，目為之瞽。菩薩待在此種環境，日夜煙薰聲炸，求告的人眾，該辦的事多，所以，我曾說聽力不要太聰，眼力不要太明，能管的事去管，不能管的不妨擱在一邊，也是為菩薩著想，多少有些道理。

在回家公車上，我與一位中年婦人同座，我問他去行天宮求什麼？她一肚皮委屈回答我說：「我先生以前事業不順，我求菩薩保佑，最近幾年事業愈做愈好，賺了錢，他居然在外面搞個女人；自己身體不好，還日日夜夜花天酒地。大兒子在東引當兵，我自己又患失眠症，女兒交了一位男朋友吸毒，老二去年聯考落榜……這些問題，我都求菩薩替我逢凶化吉，一切平安……。」

另一位坐在前座的女人可能是她同伴、她回過頭說：「杏滿呀：我先生在坪林養了一百多頭豬，最近突然發生豬瘟，我們請獸醫打預防針，還是死了二十幾條，你看，我不求神還求誰呢？」

坐在旁邊年齡比較大的婦女更是一肚子苦水，他說：「我家老三真笨，他朋友綁架一個小男孩，騙他說是朋友夫婦去新加坡旅遊，暫時寄養在他家裏，叫他陪小孩玩；這個笨蛋一向喜歡孩子，他就帶著小男孩去嘉義高雄玩了五天，等案子偵破，他成了從犯，現在關在看守所，請律師，我家請不起，唯一的法子只有求菩薩。」

你聽聽，單是三位信眾就有這許多願望，每日進出行天宮的不上一千也有好幾百，個個如此請託，事事要從人願，不收報酬，沒有薪俸，沒有公休，沒有出國旅遊機會，勞怨不辭，晝夜不分，只予不取，永不休息，這種差使好幹嗎？

菩薩也許不嫌煩，要是我當菩薩，我不幹；我寧可做個三餐差堪溫飽的小老百姓，當然，生活過好一點，我也不反對。

性騷擾

性騷擾一直是中外女性最頭痛的問題，一件事情經過媒體炒作之後，立刻成為社會新聞的熱門話題，男女雙方都受到困擾，甚至累及家人。但騷擾又沒有明顯的界定，什麼程度就已達到性的程度？公說公有理，婆說婆有理，實屬自由心證，只是苦了被指摘的人。

俗話說：「人在家中坐，禍從天上來」。不曾騷擾而冠上「性騷擾」的帽子，那真是包青天再世也斷不清的公案。若是真的性騷擾了，當然不惜口誅筆伐，剷除這種色狼而後已。無如這裏面男女間的微妙關係，卻非外人所能洞悉，一個原就騷，一個存心擾，摟摟抱抱，半推半就，說願意還真不願意，說不願意復又羞答答應允了，你說這是騷擾還是「周瑜打黃蓋」呢？外人胡亂瞎猜，當事人自家心裏明白。像某大學女生「強暴」案，第一次被強暴了，就當勇於檢舉，若是顧及顏面和名節也就罷了，以後敬鬼神而遠之，當可保險天下太平；未有「師道巍巍」的老師居然有顆膽敢強拉女生白晝宣淫的色膽？被強暴的女生，竟然有第二三次去老師研究室接受強暴，最後卻以「強暴」案宣洩胸中鬱積，我不免狐疑這究竟是不是強暴？

男女之間本來就是在互相吸引互相挑逗。有句俗諺說：「男追女，隔堵牆，女追男，隔重紙」。這裏面男有意不及女有情方便，一旦對方含情脈脈，欲拒還迎，事情就有了八成把握。

人世間的生物都有性事，只是一般生物把性當作傳宗接代的大事；只有人類把它當作一種享樂，正因為是視作享樂，所以，男男女女都在傾全力追求。女性塗脂抹粉，妝扮入時，敞胸露背，秋波流轉，巧笑倩兮，儘量凸顯出胴體的性感和姿色迷人。男性在事業無成前，則以強壯的身體當本錢，以帥勁作誘餌，到處討女人歡心。一旦事業有成，便以金錢購買愛情和性，雖然事涉買賣，卻是多多少少可以彌補「老牛吃嫩草」的遲暮心理。

人類屬於高等動物，高等動物的慾壑特別深，壞心眼也特別多。就以性來說，中外古今人物大都到了「韓信將兵多多益善」的地步。我們常說人類對性的需求是「有恥無節」；獸類因為無教化無廉恥，則是「有節無恥」。露骨一點說，男女間的事，幾乎是三百六十五天，無分晝夜寒暑時地，隨時可以上床登榻，只是沒有當眾宣淫罷了，這正宣示人類文化陶冶得有恥，但那希微的獸性卻是蠢蠢然難遏，便成了有恥無節。至於豬狗牛羊，發情有時，春心蕩漾有時，當牠們欣逢愛情季節，立刻全體動員，掀起愛的追逐大戰，一旦兩情相悅，立刻心性交流，也不管眾目睽睽之下有失體面，這就叫做有節無恥。

兩性之間的性事，本來是極其自然的一樁事，在禮防社會風習和法律規範之下，應該多少保持一點距離，取予之間，多少有些分寸。某些時候，一方有求，一方有應，當然事情大諧，沒有事後性騷擾或強暴的後遺症。倘若強取豪奪，一則事涉人身「攻擊」和心靈傷害，敗壞社會善良風習，鬧出桃色新聞供人茶餘酒後談助之外，也給人一種錯誤的示範。

為了導正人慾橫流，制勒獸性氾濫，中外古今多以教育提昇人的尊嚴和認知，讓慾望昇華，身心另有寄頓，而獲致兩性間的攻守平衡。並以道德法律防止獸性出柙，糜爛風習人心；再以合法婚姻，取得兩性之間各取所需各得其所的方便，畫眉之樂外更多一分床笫之私，讓性獲得正當途徑的宣洩。此為法律所許可，誰也不敢置喙。

幾千年來，我們的祖宗都是這樣走過來的，只因為以前是以男性為中心的社會，多少女性同胞得不到應有的尊重，忍辱含垢，成了男人性的奴隸，予取予求，肆無忌憚，也是無可如何。時至今日，性不再是種禁忌，許多性學專家，引經據典，把性當作專題研究，形之筆墨，獵取學位和名譽金錢。我國「肉蒲團」一書，也成了中國打開禁忌的性學大著。自此兩性處於平等地位，互相尊重，互相惠予。若是一方不給，一方強取，那就變成性的非法了。

就字面上講，一方不騷，一方不擾，平平靜靜過日子，當然完成不了性的大事。還必須騷的去騷，擾的去擾，才能男歡女愛，水到渠成。若是騷儘管騷，擾的人過了分，且不是騷者所喜愛那型人物和那檔子事，即使扶肩搭背，也是犯了大忌，一旦公諸報章，騷的叫屈，擾的受累，一場快快樂樂的性事變成悽悽慘慘的痛苦，扳扳手指頭，實在不合算。

筆者一向是個憨大呆，一生在牛角尖裏過日子，特就「性騷擾」三字發表一點名言讜論，以饗讀者；縱然不能警世戒俗，也堪清神醒腦，讓那些正打算作性騷擾的情聖們立刻憬悟收心，防止一場身敗名裂的災禍，也算是筆者一場功德。

性有清濁

性是什麼？

宋明理學家有他們的一貫說法，雖然各家說法不同，大體上說性即是理，理便是天理，天理靈覺昭明，無滓無垢、無私無我，與仁相合。朱熹指出天理即是仁義理智的總名，王陽明說是良知，此種性，即是天地之性，絕對清明純淨。至於氣質之性則是出於人心，人心孕育人慾，人慾往往障蔽天理，所以性有善惡，人有好壞。人能致良知便是天理有個安頓，人慾便難肆惡，這便是好人。若是不能懲忿窒欲，遷善改過，以恢復其本然之性，那便將人慾氾濫，而終歸是個壞人。

孟子道性善，是自天理上立論，荀子說性惡，是自氣質之性著眼。

我們現在所談的這個性，一則是指男女兩性而言，再則是自兩性之間單單那個性事上來做文章。

本來人慾不止於男女間的性事而已，名利得失，權位寵辱，全被人慾包羅無遺，只是我們多數人都有捨大掇小的習性，對那些不擇手段居高位、炒地皮，結黨營私，擅權為奸的大憝大惡常常忽忘了。一旦涉及男女之私的事，立刻繪聲繪影，竭力挖掘，把性事炒成人人不睹不快的大新聞。

說穿了，性原沒什麼微妙，只是一種兩相情願的事而已；若是自生理上分析，也不過是些性荷爾蒙在作祟；一旦兩情繾綣，一個願打，一個願挨，他們找他們的樂子，於情於理無有不合，干別人何事？

偏偏我們大家對性都好奇，常不免抱著別人在享受，我們何妨一探隱微，發人陰私，分享一點生活上的快樂。

性事之間，原沒有誰吃虧誰佔便宜的道理，男女相悅，兩造合作，各盡其宜，各得其所，便稱和諧。合作才稱圓滿，不合作才是騷擾。若是攻擊上的「性」，控制人的肉體，蹂躪人的靈魂，摧毀人的自尊，謀殺人的生存慾望，使人失去自信和尊嚴，失去面對現實人生的勇氣和婚姻幸福，那就是椿不可寬恕的罪惡。

騷有等差

騷字有多種解釋，擺在這兒則為「淫蕩」的意思。

淫蕩不單單是指女性而言，就習慣上來說，多數是委屈女性強迫接受。其實許多男人比女人更淫蕩，只是大家另外替他冠上一個「色狼」名字作代替。

騷並非罪惡，那是氣質之性的自然流露。一個人倘若過分重視性生活，需求無厭，旦旦而伐之，那就不得不稱之為騷了。

其實想騷的人原也需要有他騷的條件，比如臉蛋要漂亮，身段要苗條，穿著要入時，三圍要標準，體型要高䠷，秋波流轉，艷光照人，舉手投足，風儀萬千，這樣才能引得男人垂涎，春心怦怦然而動。像我家那個黃臉婆，腿短腰粗一臉橫肉，走路八字腳，說話敲破鑼，尤其那隻死腦筋，就像銅鑄鐵打水泥灌的，傳統而僵化，保守而固執，叫她騷也騷不起來，即使想騷又能招誰看一眼呢？驚鴻一瞥，印象不深，多看兩眼，會叫人作三日嘔，豈能騷得起來？

穿著漂亮，不僅是女性的最愛，也是男人考究的事。穿著整齊，無論上班或做客，都是一種禮貌，一種生活上的基本修養。只是必須得其宜，得其所。上班穿著與家庭穿著有別，夫婦相處與朋友聚晤不同。若是把講究穿著的女性通指稱為「騷」，厚誣女性，那也未免有失厚道。

一般女性多以自己的美貌和胴體豐滿驕人，尤其有了電視影訊之後，漂亮而身材好的女性經常公開展示，讓觀眾大飽眼福。美為天賦，人工不能作假，也非罪惡，只是許多淺薄無知的女性把美作為釣名餌利的工具，以胴體換取金錢，雖不能指稱為騷，至少有些侮辱自己。胴體屬於個人的私產，以私產易金錢，等於出售自家產業，旁人應該無權過問。

舉世濁濁，凡是漂亮的女孩，多不願暴殄自己的身體，也不甘以衣服障蔽自家的美，於是敞胸露背，裸大腿，扭豐臀，那分青春之美，確實叫人心驚肉跳。無如男人多好色，德行修養好的，把她當作藝術品欣賞。色心重的就不免當作性攻擊的對象了。因之，多數女孩被侵犯，八成曾經予人以可乘之機；若能處處提防，事事檢點，好色男人再有色膽，也會三思而後行了。

色不色？究竟有什麼界限呢？通常全看對方採取怎樣的態度來決定？一位美腿小姐，即使嚴冬酷寒，也都穿著僅堪保「密」的短褲外出，那雙美腿真的百看不厭，一旦有人多看她幾眼，她就指稱別人好色，其實既然怕人看就莫露，露了何必怕人看呢？她的本意何嘗不是希望別人色眼包圍，人人讚好才稱快呢？

不管男女，騷有明暗之別，也就是所謂表面騷和骨子裏騷。明騷則是直來直往，坦白真誠，需要則迎，不需則拒，一旦諧和，有如日食三餐，自自然然，毫不矯揉造作。至於骨子裏騷嘛！男人西裝革履，道貌岸然，背地裏則毛手毛腳，醜態畢露，把天下女性當作性的機器。至於女性嘛！外表冷若冰霜，目不旁瞬，視男性為濁物，如有機會與獵物幽會，則如餓虎撲羊，立刻大快朵頤，而且需索無厭，不知食飽為何物。

俗話說：「單腳不成步，單掌不成聲」性騷擾的成立，男女雙方總有一方給人一種「開門揖盜」的機會。一方不騷，他方怎擾？你不開門，盜怎能入？正因為自己偷偷把門挪開一條縫，讓盜登堂入室，大肆劫掠而去，最後說是性騷擾，說是強暴，豈不令人悶煞。這其中當然有些男人色心太重，隨時存心佔人便宜。因之，要能防止色狼侵犯，最好不要開門揖盜，予色狼可乘之機。

擾有輕重

擾人好夢，擾人公務……確實叫人著惱；如果進而擾人身體，而且是性騷擾，豈不令人大恚？

性騷擾不止是男性騷擾女性，也有女性騷擾男性的事，中國如此，外國尤甚。這裏面算不算騷擾？一是年齡差距可能太大，其次不是自己喜愛的對象。若是年齡相稱，品貌相當，彼此內心早就有愛苗在潛滋暗長，即使被騷擾，八成不會構成騷擾事件。

騷擾大致上可分兩類型，一為言詞上的擾，尤其是好色男人，多愛在女性面前說黃色笑話，此類笑話單是逗人笑笑也就罷了，無如裏面含有性的暗示和情的挑逗，雖未指望能夠立刻上床，總有一種放長線釣大魚的企圖，盼望對方鬆懈心理防線，遲早可以弋釣到手。其次是行動上的騷擾，包括摟抱撫摸甚至於性侵犯。擾到這種程度，已不止於騷擾而已，顯然已經構成性的侵略行為。

最近幾年來，女性主義抬頭，他們打破沉默，不再作男人的性奴，自己站出來爭平等，爭主權，因而男人許許多多昭彰惡行，到此不得不有所收斂。此中令人憂慮的是男女之間的界限劃分得如此嚴密，許多人以長輩關懷晚輩的情事也視為性騷擾，男女關係顯已到了「授受不親」的封建地步。兩性之間如此壁壘森嚴，旗幟鮮明，這可能是另一場兩性戰爭的開始。

為了避免擾的事情發生，男性應該首先袪除惟我獨尊的沙文主義心理，同等對待女性，尊重女性。性是兩相情願，互相合作的生活，不要把女性當作性的奴隸，性的機器。女性本身嘛！在爭取女性平等尊嚴權之餘，千萬不要留給不是自己心目中未來婚配對象男性任何機會，穿著莊重，言行合度，防微杜漸，省卻以後煩惱。同時也不該防衛過當，過度敏感，應該明智的辨別騷擾與關懷的臨界點在那兒？莫給人亂扣帽子，平白給人增添無端困擾。

二十世紀的八十年代，女性真的抬頭了，我們臺灣經過最近一連串的性騷擾事件後，無形間給男性一分警惕、一項教訓——不要濫情，不要佔人便宜，以後必須像公車上的標語一樣——保持距離，以策安全。你不要自墜陷阱，也不要墜入陷阱。

任真（侯人俊）寫作年表

一九三〇年，出生於湖南省攸縣桃水鎮靈官廟前。

一九三六年，六歲，正式入學向至聖先師行三跪九叩禮。父親端莊公始受《三字經》。

一九三九年，九歲，父親授畢上下《論語》與《孟子》。我是鴨子聽雷——聽不懂。

一九四〇年，十歲，入小集小學，插班四年級。

一九四三年，十三歲，夏泉中心小學畢業。

一九四四年，十四歲，考入攸縣縣立師範就學。同年夏，攸縣為日本佔領，學校關閉，乃隨父親受《左傳》、《東萊博議》、《幼學故事瓊林》、古文、唐詩等，形同鴨販灌鴨——消化不良。

一九四八年冬，十九歲，師範畢業。

一九四九年，任陳家台小學教師兩個月，旋隨友人於湖南株州入伍陸軍七五師二二三團衛生連任上士文書。

一九五〇年元月，於舟山定海升任團本部作戰組准尉司書。

一九五一年，二十一歲，第一首新詩於《正氣中華報》刊出；後為該報寫短稿，與余我（本名余鶴清）平分秋色。

一九五四年十二月，國防醫學院軍醫初級班第三期畢業。

一九五五年，七十五師變更番號為預備第一師，入駐台中成功嶺。任真已轉任軍醫官科，於國防醫學院軍醫初級班第三期畢業後，努力自修，研讀解剖學、生理學、藥物學、內科學……等；擔任第三團醫務所主任，負責全團預防保健、醫療、環境衛生等工作，及三個月一期之後備兵召集教育體檢、醫療工作。

一九五九年元月十八日，與吳玉雲小姐成婚。

一九六一年，為陸軍訓練司令部《干城報》撰寫「大兵情書」與「二兵日記」兩項專欄。

一九六四年，三十五歲，歲月蹉跎，一事無成。開始向《精忠日報》、《青年日報》、《新生報》、《中華日報》、《大華》、《民族晚報》、《中央日報》等報刊投稿。

一九六八年四月，小說《高山寒梅》被選入台灣省政府省政文叢之十九；同年五月，陸軍一般外科軍醫班畢業。

一九六九年，當選陸軍總司令部「毋忘在莒」運動個人模範。是年二月，短篇小說集《冬陽》由陸軍出版社出版；小說《壽》被選入台灣省政府省政叢書之廿三。六月，為《忠誠日報》撰寫作指導專欄「文藝書簡」。

一九七〇年三月，短篇小說《高山寒梅》由商務印書館出版；五月，小說《移植的花朵》被選入省政文叢之廿九；〈房東太太嫁女兒〉一文獲《青年日報》慶祝台灣光復廿五週年徵文小說首獎；應徵教育部文化局「一本愛國孝親的好書」獲首獎，獎金貳萬伍仟元。

一九七一年十二月，小說《早來的春天》選入省政文叢之四十。

一九七二年六月，長篇小說《翠谷情深》由台灣省政府新聞處出版；十一月，短篇小說《慈靄》由商務印書館出版。

一九七三年十月，國防醫學院軍醫正規班畢業；十二月，調任陸軍六十九師衛生營醫療連長；國防部衛生行政人員考試丙等考試優等合格。

一九七四年，以〈海外來鴻〉一文獲《民族晚報》徵文首獎，獎金伍仟元；九月，短篇小說《秋收》由商務印書館出版；十一月，散文〈捕秧雞〉選入水芙蓉出版社叢書之十。

一九七五年三月，短篇小說《蕉鄉春融》由陸軍出版社出版；六月，散文《雲山蒼蒼》由知名作家楊御龍推介水芙蓉出版社出版；小說《手足情深》入選中副選集第八輯，另《我有一塊地》亦獲入選；〈三個賭徒〉、〈三嬸要討小〉等篇，由孫如陵先生選入中國文選；國防部衛生行政人員乙等考試中等及格。

一九七六年八月，散文《思我故鄉》入選中國現代文學年選；十二月，書評〈大海濤裡的一朵浪花——讀《代馬輸卒》手記〉，選入爾雅叢書之廿一。

一九七七年，短篇小說《龍》獲國軍文藝競賽佳作獎。

一九七八年，短篇小說《濟世渠》國軍文藝競賽十四屆佳作獎；中篇小說《硯》獲中華文化復興運動委員會小說金筆首獎；七月，散文《鄉情》與短篇小說《蟬蛻》由一生努力創作的摯友湯為伯兄推介鳳凰城圖書公司張琼文先生慨予出版。

一九七九年，〈你付出了多少〉收入幼獅文化事業公司印行之《方向》二二輯。

一九八一年五月，國軍軍醫臨床進修班第一期畢業。

一九八三年一月，晉任軍醫中校。

一九八五年，散文〈也算有理〉收入晨星出版社《開放的心靈》；記敘文〈恐怖夜〉選入新生副刊叢書「疤痕」；六月，《章太炎的豐采》由任真的兩代恩人俞允平兄全力推薦精美公司出版；九月，《春蹤夏影》由釆風出版社出版；十一月，散文《一燈熒熒下》由長弓出版社出版。

一九八七年七月，軍醫中校階退役；〈復興來去〉一文選入國中國文第六冊第六課教學兩年。

一九八九年，短篇小說《農家往事》，仍由熱愛文學全力弘揚中華文化的鳳凰城圖書公司張琼文先生接納出版。

一九九九年六月，散文《竹林棲隱》由先見出版公司出版。

二〇〇〇年四月，參加「中華書道學會第二屆磊翁杯全國書法比賽」，獲長青組特優。

二〇〇五年元月，參加行政院文建會主辦「乙酉新年開筆大會」揮毫作品特優獎。

二〇〇六年五月，書法作品由福建鼓山勇寺展出後收藏。

二〇一〇年六月，小說《紅塵劫》及散文《寒夜挑燈讀》由秀威出版社出版。

一生勤苦，不敢荒嬉，檢討來時路，愧煞一事無成，店面破舊，營業不佳，該打烊啦！

釀文學85　PG0754

寒夜挑燈讀
——任真散文選

作　　者　任　真
責任編輯　林泰宏
圖文排版　王思敏
封面設計　王嵩賀

出版策劃　釀出版
製作發行　秀威資訊科技股份有限公司
114 臺北市內湖區瑞光路76巷65號1樓
電話：+886-2-2796-3638　傳真：+886-2-2796-1377
服務信箱：service@showwe.com.tw
http://www.showwe.com.tw
郵政劃撥　19563868　戶名：秀威資訊科技股份有限公司
展售門市　國家書店【松江門市】
104 臺北市中山區松江路209號1樓
電話：+886-2-2518-0207　傳真：+886-2-2518-0778
網路訂購　秀威網路書店：http://www.bodbooks.com.tw
國家網路書店：http://www.govbooks.com.tw
法律顧問　毛國樑　律師
總 經 銷　聯合發行股份有限公司
231新北市新店區寶橋路235巷6弄6號4F
電話：+886-2-2917-8022　傳真：+886-2-2915-6275

出版日期　2012年5月　BOD一版
定　　價　350元

國家圖書館出版品預行編目

寒夜挑燈讀：任真散文選 / 任真著. -- 一版. -- 臺北市：
釀出版, 2012.05
面； 公分. -- (釀文學85 ; PG0754)
BOD版
ISBN 978-986-5976-23-1 (平裝)

855 101006576

讀者回函卡

感謝您購買本書，為提升服務品質，請填妥以下資料，將讀者回函卡直接寄回或傳真本公司，收到您的寶貴意見後，我們會收藏記錄及檢討，謝謝！

如您需要了解本公司最新出版書目、購書優惠或企劃活動，歡迎您上網查詢或下載相關資料：http:// www.showwe.com.tw

您購買的書名：________________________________

出生日期：________年________月________日

學歷：□高中（含）以下　□大專　□研究所（含）以上

職業：□製造業　□金融業　□資訊業　□軍警　□傳播業　□自由業

□服務業　□公務員　□教職　□學生　□家管　□其它____

購書地點：□網路書店　□實體書店　□書展　□郵購　□贈閱　□其他

您從何得知本書的消息？

□網路書店　□實體書店　□網路搜尋　□電子報　□書訊　□雜誌

□傳播媒體　□親友推薦　□網站推薦　□部落格　□其他________

您對本書的評價：（請填代號　1.非常滿意　2.滿意　3.尚可　4.再改進）

封面設計____　版面編排____　內容____　文／譯筆____　價格____

讀完書後您覺得：

□很有收穫　□有收穫　□收穫不多　□沒收穫

對我們的建議：________________________________

請貼
郵票

11466
台北市內湖區瑞光路 76 巷 65 號 1 樓

秀威資訊科技股份有限公司 收

BOD 數位出版事業部

....

（請沿線對折寄回，謝謝！）

姓　　名：________________　年齡：________　性別：□女　□男

郵遞區號：□□□□□

地　　址：____

聯絡電話：(日) ____________________ (夜) ____________________

E-mail：____